中公文庫

日曜日／蜻蛉

生きものと子どもの小品集

志賀直哉

中央公論新社

目次

日曜日

蜻 蛉

日曜日／蜻蛉

生きものと子どもの小品集

日曜日

子供の読者に

私の作品の中から子供に関したもの、いきものに関したものを集めて一冊にした、私は子供といきものを割りに多く書いている、しかし、それは子供に読んでもらうために書いたものではなく、自分が書きたくて書いたものである。それ故、この本はいわゆる童話集ではなく、子供の読者はこの本に筋のある面白い話を期待すると失望する。私は今、六十五才の老人であるが、いきものに対しては子供と同じように興味を持っている。私は又、私の文章が子供の文章に似ているとも思っている。私は私の中に、そういう子供らしさが多分に残っている事を感ずる。そして、そのため、色々な事を面白く感じられるのを幸いな事だと思っている。

昭和二十二年九月　　　　著　者

日曜日

遠い所へ出かけるにしてはおそ過ぎたし、ことに日曜で、電車のこむことを考えると、自分からいい出したことが、めんどうくさくなった。第一、うまい所が浮かんで来ない。直吉《なおきち》は、郡山《こおりやま》へ行く道に、魚のたくさんいる所がある、そこへ魚とりに行こうという。郡山へ行く途中の流れといえば、芝居でなじみの大安寺《だいあんじ》堤《づつみ》あたりのようにも思えるが、今からでは、下手をすると、帰りは夜路《よみち》になるし、自動車をよぶにも、どうすればいいか見当がつかない。

「大安寺はいかんよ」

「大安寺でないかも知れない」

「郡山のみちって、そんなら尼《あま》ヶ《が》辻《つじ》の方か」

「ぼく、よう知らん。一年の時、遠足で行ったんだけど」

「垂仁《すいにん》天皇の御陵《ごりょう》の方か」

「どうや知らん」けろりとしている。

「どこだか、まるでわかってやしないじゃないか。お前にわかっていなきゃ、行きようはない」

「そんなら、どこでもいいから、魚とりに行きましょう」

「とにかく、魚とりはよそう」

「ぼく、行きたいなあ。ただ散歩、つまらないよ」

男の子は直吉一人で、あとは五人、皆《みんな》女の子だ。いつも比較的わがままが通るところから、直吉は、なお魚とりをしきりに主張し、その主張を通そうと腹で思っている。

「お前のために出かけるのじゃないからね」私は九つになる子供に、わざとこんないやがらせをいって、いやな顔をさせた。直吉は眼を大きく開き、口をかたく結び、ちょっとこらえている。つづけて意地悪いことをいうと、涙が出るのだ。

「法華寺《ほっけじ》の横から大鍋《おおなべ》小鍋《こなべ》の方へ行く道に、小ぶなのたくさんいるところがあるが、どぶだからな」

　そばで、にやにやしながら、私の顔を見ていた一番上の留女子《るめこ》が、「どぶでもええがな。なあ、ええが」と直吉をなぐさめ、「どぶでもええって」と今度は、私の方を向いて笑っている。

「なにしろ、今日は魚とりはやめだ」

　直吉は不平だった。そしてだまって、東京ことばでいえば、「つまんねえの」という顔を巧《たく》みにして見せた。

　直吉は実は、毎日のように魚とりをしているのだ。自家《うち》から半丁もない春日《かすが》境内《けいだい》の小川で、どんぼ(だぼはぜの大きいやつ)、ぎぎ、はや、小えび、小がに、時にはこの辺で畑どじょうといっている、小さなさんしょのうおなどをとって来る。又自家《うち》の小さな池でも、もろこやたなごがふえ、飯粒《めしつぶ》でいくらでも釣れるのだが、それとはかわった魚とりを考えている。直吉は自分のそういう気持ばかりで、ほかの者のことは考えられない。

　まんぜんと、法蓮《ほうれん》の方へ行ってみることにした。そこの田んぼから少し登った所に丘にかこまれて思いがけない広い貯水池のあることを思い出して、——仕方がない

——さでに一間《いっけん》ほどの竹の柄《え》をつけてやると、直吉は大いに満足した。

　O君が来たのですすめ、大小九人、自動車に乗りきれない人数で、直吉は、運転手と助手の間にかけさせて出かけたが、あてにして行った貯水池は、岸に近づける場所には、たいがい釣をする人が腰をおろしていた。釣好きで、自分も時々木津川《きづがわ》へ出かけるO君は、「こんなものでは、ここの魚はなかなかしゃくえませんぜ」とえんきょくにとめた。土手をおりて、池から流れでるみぞをあさってみたが、おたまじゃくしやいもりがたまにはいるだけで、魚はとれなかった。みぞについて興福院《こんぶいん》という尼寺《あまでら》の横へ出て、切通《きりどおし》の方へ少し行くと、今まで知らなかった小さな池があり、めだかやもろこが、ねこ柳のしげった枝の下におよいでいた。しかし小さい流れでやるように追いつめることができず、魚はすぐ深みへ逃げこみ、一たん逃げこむと、なかなか出て来なかった。

　崖《がけ》の上に、もちつつじが西日をうけて咲いていた。女の子たちは、それをとりに行った。私たちは木かげに休み、水筒の茶を飲んだ。その間も、直吉は一人池のふちをはなれず、落ちそうで眼がはなせなかった。結局、この日は、魚とりは不成功で、植物採集の方がましだった。

次の日曜日は雨降り。

その次の日曜に、今度は二道《ふたみち》かけ、さでと移植ごてを持って、白毫寺《びゃくごうじ》から鹿野苑《ろくやおん》の方へ出かけたが、この日の散歩はおもしろかった。りんどう、われもこう、ふじばかま、ききょう、おみなえし、そのほか、名を知らぬ草や、ねむの木やあけびの苗をとって来た。田んぼ道が多く、魚はほとんどどじょうばかりで、小さかったが数はとれた。直吉の下の田鶴子《たづこ》という五つになる女の子は、泥だらけになって、とのさまがえるを無数にとった。その重いびくを持たされた姉が閉口して、ひそかにへらそうとすると、「逃がしたら、あかん」と田鶴子は大きな声をして泣いた。みんな持ち帰って、水がめへ放してみると、あまがえると同じように腹だけ白く、あとは全身緑色のとのさまがえるが一ぴき入っていた。自家《うち》にも、かえるはたくさん住んでいる。そのうえ、これだけ放されては、今晩はやかましいぞなどいったが、それほどではなかった。

前かきという網《あみ》をO君にすすめられ、二三日して買って来た。幅《はば》三尺ほどの半月形の何というか、刃はあるが、竹をあんで作った砂利《じゃり》や砂をかくわ――、あの形をした網だ。

次の日曜（六月四日、晴）、それを持って、うち中《じゅう》で富雄川《とみおがわ》へ出かけた。たいがいの生きものは好きだが、とることはひどく不得手で、魚とりも好きではないが、この日は、前かきで多少の興味を持ちながら行った。

電車をおり、線路について片側人家のだらだら坂をおりきると、直角に、それが富雄川だ。幅四五間の川床《かわどこ》で、水は砂地を残し、もっとせまい幅で流れている。岸から、ちょっとした草原があり、そこに枝のよく広がった桜が一列にならんでいる。赤いのや、もう黒く熟した小さなさくらんぼが、たくさんついていた。桜並木と往来との間に、上流で分水した小さな流れが、下の川よりもなみなみと勢よく流れている。

「もうはいっていい？　いいでしょう」待ちきれずに直吉はせがむ。

「人家のある所は、せとかけやガラスがあるからあぶない。先にいい所があるよ」

この日も九人づれだ。赤児《あかご》は、女中がおぶっていた。直吉の姉三人は、それぞれべんとう、水《すい》とう、びく、さでなどを持たされ、神妙に路上を歩いているが、直吉は自分よりも大きな前かきをかついで、岸と往来の間を、まるで猟犬のように行ったり来たりした。

土地の子どもが、四五人、柄《え》をとった前かきを持って、上流から川床を下って来た。

すでにバケツに半分ほどの獲物があった。それを見て来た直吉は、

「ずいぶんとれるね。この入れものじゃあ、少し足りないね。バケツを持って来ればよかった」と相好をくずしていた。

堰《せき》のある所に来た。堰の下が円《まる》く砂地にかこまれ、池のようになっている。三四寸のはやの姿がいくつか見えた。くつをぬいでさっそくやって見たが、一つもはいらない。いかにもとる方は素人《しろうと》で、逃げる方は玄人《くろうと》だという感じがした。たちまち水をにごしてしまった。前かきの柄をとって、流れ出す所へ伏せ、両側を砂でかこっておいて追いこもうとしたが、魚はそれを知っていて、ろうばいしながらもなかなか網へははいらず、人の足の甲をとび越したりして逃げた。たまにはいれば、網を上げる間に出て行ってしまう。女の子が相棒では歯がゆいらしく、直吉は、「あほう」とか「ぼくに貸せ」とか、一人で興奮していた。ついに一尾もとれなかった。この調子では、先へ行ってもとれるあてはなかったが、又くつをはいて出かけた。

一軒はなれて、間口の広い造り酒屋がある。その前の木立《こだち》の中を、分水した方の水が流れている。ちょうど前かきの幅だけなので、それを入れて、子供たちに、下流からさでで追わしたが、何度やっても一尾もはいらなかった。

「何もおりまへんぜ」その流れに洗いものに来た酒屋の婆さんが笑っていた。そして、家内《かない》から赤児、女中までいっしょのゆうちょうな川狩《かわがり》をおかしく思うらしく、みんなの顔やなりを見まわしながら、どこから来たかとか、その網ならばきっととれるが、ふんどし一つになってやらなければなどといった。しばらく、立話《たちばなし》をしてわかれた。

大きな堰があり、そこは、五六間の川幅一ぱいに水をたたえている。ふな、はや、それから横腹の赤い魚などがおよいでいるのが見えた。しかしここは釣によく、前かきやさでは、どうにもならぬ場所だった。岸に近く、かえりたての小さな魚が群をなして、尾の先をかすかにふるわしながらおよいでいた。しかしこれらは、網の目にかからぬほど小さかった。

家内は、陽のあたる往来端《おうらいばた》にしゃがんで、赤児に乳をのましていた。私は土手に腰をおろし、たばこをふかしていた。萬亀子《まきこ》という三番目の娘が来て、

「なんだか分からないいんだけど、ねずみのようなものがいるよ」といった。その上の寿々子《すずこ》が見つけて番をしているという。

「どこに」

「あすこの水の中に」

「水の中なら、ねずみのはずはない」

寿々子は岸に立って、水の中を見つめていた。

岸の土止《つちど》めに割竹《わりだけ》の竹柵《たけしが》がしてあるが、内側の土がこわれたために、それが三四寸岸からういている。そのすき間から、へんなものが、水の中で首を出していた。なるほど、体が見えず首だけ見ると、ねずみのようなものと子供がいいそうなものだ。

「すっぽんじゃないかな」

私はなおしさいに観察した上で、さでをそっと水へ入れると、その生物は鼻先を向け、そのさでを見ていた。私はしずかに、ちょうど首の所までそれを持って来ておいて、ほかのさでの柄で、竹柵のゆるんだ内側をついた。何かひらひらとひるがえるような感じで、おもわく通りさでへとびこんだ。やはりすっぽんだった。斑点のあるやわらかい甲が、へんにうすべったく、やもりのようで、ちょっと気味悪かった。用心しながら大きい方のびくへ入れた。

「すっぽんがとれれば大漁だ」私はしごく満足した。「どこかぐあいのいい所で、持って来たものを食おうじゃないか」

皆ひどく上機嫌になった。野生のすっぽんをとるというのはめずらしい。帰途《かえり》、酒屋の婆さんにぜひ見せて行こうとか、養殖でない内地のすっぽんは、食う方でも一番上等になっているのだとか、さぞ私が、ひとに自慢することだろうとか、そんなことを話しながら歩いた。

十二三軒人家のかたまった所を通りぬけると、まっすぐな一本道に出た。左は田んぼ、右は川で、遠く、大きなえのきが四辻《よつつじ》におおいかぶさっている砂茶屋《すなじゃや》という所まで、それがつづいている。この辺の川には、きれいな洲があり、よしが生え、何となくしたしみやすい景色だった。道から一間ほど下り、草原の木蔭で、持って来たものをひらいた。すっぽんを入れたびくは、桜の枝につるした。桜の幹にも、柳の枝にも、同じ高さで、わらくずやごみがひっかかっていた。これは水が出た時、ここまで来た跡だ。

魚はとれなかったが、川遊びとしてはおもしろかった。それにしても、いる魚がこれほどとれないのはふしぎなくらいだった。「さでを投げたよ」こんなじょうだんをいった。かえって家内が、わりに大きいはやをとったりした。

帰途《かえり》、酒屋に立寄り、婆さんにすっぽんを見せた。かめはいるが、すっぽんは、この川でもめずらしいと、たいへん喜んでくれた。二三人見に出て来た男の一人が笑い

ながら、

「かみに、養殖している人があります。そこから逃げたやつだっしゃろ」といった。

野生のつもりでいたので、これは少し興ざめだった。

留女子《るめこ》が、私を気の毒に思うらしく、「いわんでもええのに」と腹立たしげにつぶやいていた。

川遊びの間、女中に抱かれ、桜の木の下でねむっていた赤児は、毛虫にまけたらしく、その晩から顔をはらし、四五日困った。

すっぽんは逃げなければ、今も自家《うち》の池にいるはずだ。ふえたもろこやたなごがだんだんへるところを見ると、すっぽんはいるらしい。

清兵衛とひょうたん

これは、清兵衛という子供とひょうたんとの話である。この出来事以来、清兵衛とひょうたんとは縁がきれてしまったが、間もなく清兵衛にはひょうたんに代るものができた。それは絵をかくことで、彼はかつてひょうたんに熱中したように、今はそれに熱中している……

清兵衛が時々ひょうたんを買ってくることは両親も知っていた。三四銭から十五銭までの皮つきのひょうたんを十ほども持っていたろう。彼はその口を切ることも、種《たね》を出すこともひとりで上手にやった。センも自分でつくった。最初茶《ちゃ》しぶで臭味《くさみ》をぬくと、それからは父の飲みあました酒をたくわえておいて、それでしきりにみがいていた。

まったく清兵衛のこりようははげしかった。ある日彼は、やはりひょうたんのことを考え考え浜通《はまどお》りを歩いていると、ふと眼にはいったものがある。彼はハッと思った。それは道端に浜を背にして、ズラリと並んだ屋台店の一つから飛び出してきたじいさんのハゲ頭であった。清兵衛はそれをひょうたんだと思ったのである。「りっぱなひさごじゃ」こう思いながら、彼はしばらく気がつかずにいた。——気がついて、さすがに自分でおどろいた。そのじいさんはいい色をしたハゲ頭をふり立てて、向うの横丁へはいって行った。清兵衛は急におかしくなって、一人大きな声を出して笑った。たまらなくなって笑いながら、彼は半丁ほどかけた。それでもまだ笑いは止まらなかった。

これほどのこりようだったので、彼は町を歩いておれば、骨董屋《こっとうや》でも、八百屋《やおや》でも、荒物屋《あらものや》でも、駄菓子屋《だがしや》でも、又専門にそれを売る家でも、およそひょうたんをさげた店といえば、必ずその前に立って、じっと見た。

清兵衛は十二才で、まだ小学校に通っている。彼は学校から帰って来ると、ほかの子供とは遊ばずに、一人よく町へひょうたんを見にでかけた。そして、夜は茶の間の隅《すみ》にあぐらをかいて、ひょうたんの手入れをしていた。手入れがすむと酒を入れて、手拭《てぬぐい》で巻いて、罐《かん》にしまって、それごとこたつへ入れて、そして寝た。翌朝は起きるとすぐ、彼は罐をあけて見る。ひょうたんのはだはすっかり汗をかいている。彼はあかずにそれをながめた。それからていねいに糸をかけて、陽のあたる軒《のき》へ下げて、学校へ出かけて行った。

清兵衛のいる町は商業地で船つき場で、市にはなっていたが、わりに小さな土地で、二十分歩けば、細長い市のその長い方が通りぬけられるくらいであった。だからたとえひょうたんを売る家はかなり多くあったにしろ、ほとんど毎日それを見歩いている清兵衛には、おそらくすべてのひょうたんは眼を通されていたろう。

彼は古《こ》ひょうたんにはあまり興味を持たなかった。まだ口も切ってないような皮つきに興味を持っていた。しかも彼の持っているものは、大方《おおかた》いわゆるひょうたん形のわりに平凡なかっこうをしたものばかりであった。

「子供じゃけえ、ひょういうたら、こういうんでなかにゃあ気に入らんもんと見えるけのう」

大工をしている彼の父を訪ねて来た客が、傍《そば》で清兵衛が熱心にそれをみがいている

のを見ながら、こういった。彼の父は、

「子供のくせに、ひょういじりなぞをしおって……」とにがにがしそうにその方をかえりみた。

「清公《せいこう》。そんなおもしろうないのばかりエッと持っとってもあかんぜ。もちっと奇抜なんを買わんかいな」と客がいった。清兵衛は、

「こういうがええんじゃ」と答えてすましていた。

清兵衛の父と客との話は、ひょうたんのことになって行った。

「この春の品評会に、参考品で出ちょった馬琴《ばきん》のひょうたんというやつは、すばらしいもんじゃったのう」と清兵衛の父がいった。

「えらいでけえひょうじゃったけのう」

「でけえし、だいぶ長かった」

こんな話をききながら清兵衛は心で笑っていた。馬琴のひょうというのは、その時の評判なものではあったが、彼はちょっと見ると、——馬琴という人間も、何者だか知らなかったし——すぐくだらないものだと思って、その場を去ってしまった。

「あのひょうは、わしにはおもしろうなかった。かさばっとるだけじゃ」彼はこう口

を入れた、それをきくと、彼の父は眼をまるくして怒った。

「なんじゃ、わかりもせんくせして、だまっとれ！」

清兵衛はだまってしまった。

ある日清兵衛は、裏通りを歩いていて、いつも見なれない場所に、仕舞屋《しもうたや》の格子《こうし》先に、婆さんが干《ほし》がきやみかんの店を出して、そのうしろの格子に、二十ばかりのひょうたんを下げておくのを発見した。彼はすぐ、

「ちょっと、見せてつかあせえな」と寄って一つ一つ見た。中に一つ五寸ばかりで、一見ごく普通な形をしたので、彼にはふるいつきたいほどにいいのがあった。

彼は胸をドキドキさせて、

「これなんぼかいな」と聞いてみた。婆さんは、

「ぼうさんじゃけえ、十銭にまけときゃんしょう」と答えた。彼は息をはずませながら、

「そしたら、きっとだれにも売らんといって、つかあせえのう。すぐ銭持って来やんすけえ」くどくこれをいって走って帰って行った。

間もなく、赤い顔をして、はあはあいいながらかえってくると、それを受け取って

又走って帰って行った。

彼はそれから、そのひょうがはなせなくなった。学校へも持って行くようになった。しまいには時間中でも、机の下でそれをみがいていることがあった。それを受持《うけもち》の教員が見つけた。修身《しゅうしん》の時間だっただけに、教員はいっそう怒った。

よそから来ている教員には、この土地の人間が、ひょうたんなどに興味を持つことが、ぜんたい気に食わなかったのである。この教員は、武士道をいうことの好きな男で、雲右衛門《くもえもん》がくれば、いつもは通りぬけるさえおそれている新地《しんち》の芝居小屋に、四日の興業を三日聞きに行くくらいだから、生徒が運動場でそれをうたうことには、それほど怒らなかったが、清兵衛のひょうたんでは、声をふるわして怒ったのである。「とうてい将来見こみのある人間ではない」こんなことまでいった。そしてそのたんせいをこらしたひょうたんは、その場で取りあげられてしまった。清兵衛は泣けもしなかった。

彼は青い顔をして家へ帰ると、こたつにはいってただぼんやりとしていた。

そこに包みをかかえた教員が、彼の父をたずねてやって来た。清兵衛の父は仕事へ出て留守だった。「こういうことは、ぜんたい家庭でとりしまっていただくべきで……」教員はこんなことをいって、清兵衛の母に食ってかかった。母はただただ恐縮していた。

清兵衛はその教員のしゅうねんぶかさが急に恐ろしくなって、唇をふるわしながら部屋の隅で小さくなっていた。教員のすぐ後の柱には、手入れのできたひょうたんがたくさんさげてあった。今気がつくかつくかと、清兵衛はひやひやしていた。

さんざん小言《こごと》をならべた後、教員はとうとうそのひょうたんには気がつかずに帰って行った。清兵衛はほっと息をついた。清兵衛の母は泣き出した。そしてだらだらとぐちっぽい小言をいい出した。

間もなく清兵衛の父は、仕事場から帰って来た。で、その話を聞くと、急に側にいた清兵衛をとらえて、さんざんになぐりつけた。清兵衛はここでも、「将来とても見こみのないやつだ」といわれた。「もうきさまのようなやつは出て行け」といわれた。

清兵衛の父は、ふと柱のひょうたんに気がつくと、玄能《げんのう》を持って来て、それを一つ一つわってしまった。清兵衛はただ青くなってだまっていた。

さて、教員は清兵衛から取り上げたひょうたんをけがれたものでもあるかのように、捨てるように、年よった学校の小使にやってしまった。小使はそれを持って帰って、くすぶった小さな自分の部屋の柱へさげておいた。

二た月ほどして、小使はわずかの金に困った時に、ふとそのひょうたんをいくらでもいいから売ってやろうと思い立って、近所の骨董屋へ持って行って見せた。

骨董屋は、ためつすがめつそれを見ていたが、急に冷淡な顔をして小使の前へおしやると、

「五円やったらもろうとこう」といった。

小使は驚いた。が、かしこい男だった。何食わぬ顔をして、

「五円じゃとてもはなしえやしえんのう」と答えた。骨董屋は急に十円に上げた。小使はそれでも承知しなかった。

結局五十円でようやく骨董屋はそれを手に入れた。小使は教員からその人の四か月分の月給をただもらったような幸福を心ひそかによろこんだ。が彼は、そのことは、教員にはもちろん、清兵衛にもまったくしらん顔をしていた。だからそのひょうたんのゆくえについては、だれも知るものがなかったのである。

しかしそのかしこい小使も骨董屋がそのひょうたんを地方の豪家《ごうか》に六百円で売りつけたことまでは想像もできなかった。

……清兵衛は今、絵をかくことに熱中している。これができた時に、彼はもう教員をうらむ心も、十あまりの愛ひょうを玄能でわってしまった父をうらむ心もなくなっていた。

しかし彼の父はもうそろそろ彼の絵をかくことにも小言をいいだしてきた。

ある朝

祖父の三回忌の法事のある前の晩、信太郎は寝床《ねどこ》で小説本《しょうせつほん》を読んでいると、並んで寝ている祖母が、

「明日《あす》、坊さんのおいでなさるのは八時半ですぞ」といった。

しばらくした。すると眠ったと思った祖母は又同じことをいった。彼は今度は返事をしなかった。

「それまでに、すっかり支度をしておくのだから、今晩はもうねたらいいでしょう?」

「わかってます」

間もなく眠ってしまった。

どれだけかたった。信太郎も眠くなった。時計を見た。一時過ぎていた。彼はラン

プを消して、寝がえりをして、そして夜着《よぎ》のえりに顔を埋《うず》めた。

翌朝（明治四十一年正月十三日）信太郎は祖母の声で眼をさました。

「六時過ぎましたぞ」驚かすまいと、耳のわきで静かにいっている。

「今起きます」と彼は答えた。

「すぐですぞ」そういって祖母は部屋を出て行った。彼は帰るように又眠ってしまった。

又、祖母の声で眼がさめた。

「すぐ起きます」彼は気安めに、うなりながら夜着から二の腕まで出して、のびをして見せた。

「このお写真にもおそなえするのだからすぐ起きておくれ」

お写真というのは、その部屋の床の間に掛けてある擦筆画《さっぴつが》の肖像で、信太郎が中学の頃習った画学の教師に祖父の亡くなった時描いてもらったものである。黙っている彼を「さあすぐ」と祖母はうながした。

「だいじょうぶ、すぐ起きます。――向うへ行っててください。すぐ起きるから」

そういって彼は今にも起きそうな様子をして見せた。

祖母は再び出て行った。彼は又眠りに沈んでいった。

「さあさあ。どうしたんだっさ」今度は角《かど》のある声だ。信太郎はせっかく沈んで行く、まだその底に達しない所を急に呼びかえされる不愉快から腹を立てた。

「起きるといえば起きますよ」今度は彼も度胸をすえて起きるという様子もしなかった。

「ほんとうに早くしておくれ。もうお膳《ぜん》もみな出てますぞ」

「わきへ来て、そうぐずぐずいうから、なお起きられなくなるんだ」

「あまのじゃく！」祖母は怒って出て行った。信太郎ももう眠くはなくなった。起きてもいいのだが、あまり起きろ起きろといわれたので、じっさいに起きにくくなっていた。

彼はボンヤリと床の間の肖像を見ながら、それでももう起こしに来るか来るかという不安を感じていた。起きてやろうかなと思う。しかしもう少しと思う。もう少しこうしていて起こしに来なかったら、それに免じて起きてやろう。そう思っている。彼は大きな眼を開いてまだ横になっていた。

いつも彼に負けない寝坊の信三が、今日は早起きをして、隣の部屋で妹の芳子《よしこ》とさわいでいる。

「お手玉、南京玉《なんきんだま》、大玉、小玉」とそんなことをいっしょに叫んでいる。そして一段声を張りあげて、

「そのうち大きいのは、芳子ちゃんの眼玉」と一人がいうと、一人が「信三さんのあたま」とどなった。二人はなんべんも同じことをくりかえしていた。

又、祖母がはいって来た。信太郎は又起きられなくなった。

「もう七時になりましたよ」祖母はこわい顔をしてかえってていねいにいった。

信太郎は、七時のはずはないと思った。彼は机の下にすべりこんでいる懐中時計を出した。そして

「まだ二十分ある」といった。

「どうしてこうやくざだか……」祖母は溜息をついた。

「一時にねて、六時半に起きれば、五時間半だ。やくざでなくても、五時間半じゃねむいでしょう」

「宵《よい》に何度ねろといってもききもしないで……」

　信太郎は黙っていた。

「すぐお起き。おっつけ、福吉町《ふくよしちょう》からだれか来るだろうし、坊さんももうお出でなさる頃だ」

祖母はこんなことをいいながら、自身の寝床をたたみはじめた。祖母は七十三だ。よせばいいのにと信太郎は思っている。

祖母は腰の所に敷《し》く羊の皮をたたんでから、大きい敷蒲団《しきぶとん》をたたもうとして息をはずませている。祖母は信太郎が起きて手伝うだろうと思っている。ところが信太郎は、その手を食わずに故意に冷淡な顔をして横になったまま見ていた。とうとう祖母は怒り出した。

「不孝者」といった。

「年寄りのいいなりほうだいになるのが孝行なら、そんな孝行はまっぴらだ」

彼も負けずといった。彼はもっと毒々しいことがいいたかったが、しくじった。文句も長過ぎた。しかし祖母をかっとさすには、それで十二分《じゅうにぶん》だった。祖母はたたみかけをそこへほうり出すと、涙をふきながら、はげしく唐紙をあけたてして出て行った。

彼はむっとした。しかしもう起こしに来まいと思うと楽々と起きる気になれた。

彼は毎朝のように自身の寝床をたたみ出した。大夜着から中の夜着、それから小夜着をたたもうとする時、彼は不意に「ええ」と思って、今祖母がそこにほうったように自分もその小夜着をほうった。

彼は枕元にそろえてあった着物に着かえた。

あしたから一つ旅行をしてやろうかしら、諏訪《すわ》へ氷すべりに行ってやろうかしら、諏訪なら、この間三人学生が落ちて死んだ。祖母は新聞できいているはずだから、自分が行っている間少くも心配するだろう。

押入《おしい》れの前で帯をしめながらこんなことを考えていると、又祖母がはいって来た。祖母はなるべくこちらを見ないようにして、乱雑にしてある夜具のまわりをまわって、黙って押入れを開けに来た。彼は少しどいてやった。そして夜具の山に腰をおろして足袋《たび》をはいていた。

祖母は押入れの中の用だんすから小さい筆を二本出した。五六年前、信太郎が伊香《いか》保《ほ》から買って来た自然木《じねんもく》のやくざな筆である。

「これでどうだろう」祖母は今までのことを忘れたような顔をわざとしていった。

「何にするんです」信太郎の方はわざとまだ少しむっとしている。

「坊さんに、おとうばを書いていただくのさ」

「だめさ。そんな細いんで書けるもんですか。お父様の方に立派なのがありますよ」

「おじいさんのも洗ってあったっけが、どこへはいってしまったか……」そういいながら、祖母はその細い筆を持って部屋を出て行こうとした。

「そんなのを持って行ったってだめですよ」と彼はいった。

「そうか」祖母は素直にもどって来た。そしてていねいにそれを又元の所にしまって出て行った。

　信太郎は急におかしくなった。旅行もやめだと思った。彼は笑いながら、そこにくちゃくちゃにしてあった小夜着を取りあげてたたんだ。敷蒲団も。それから祖母のもたたんでいると彼にはおかしいうちになんだか泣きたいような気持が起って来た。涙が自然に出て来た。物が見えなくなった。それがポロポロと頰《ほお》へ落ちて来た。彼は見えないままに押入れを開けて、祖母のも自分のもむやみに押しこんだ。間もなく涙はとまった。彼は胸のすがすがしさを感じた。

　彼は部屋を出た。上の妹と二番目の妹の芳子とが隣の部屋のこたつにあたっていた。信三だけこたつやぐらの上につっ立っていばっていた。信三は彼を見ると急に首根を

かたくして天井の一方を見あげて、

「銅像だ」と力んで見せた。上の妹が、

「そういえば信三は頭が大きいからほんとうに西郷《さいごう》さんのようだわ」といった。信三は得意になって、

「えらいな」とひじを張ってひげをひねるまねをした。やわらいだ、しかし少し淋しい笑顔をして立っていた信太郎が、

「西郷隆盛《たかもり》にひげはないよ」といった。妹二人が、「わーい」とはやした。信三は、「しまった」と、いやにませた口をきいて、やぐらからとびおりると、いきなり一つでんぐり返しをして、おどけた顔をわざと皆の方へ向けて見せた。

菜の花と小娘

ある晴れたしずかな春の日の午後でした。一人の小娘が山で枯枝を拾っていました。やがて、夕日が新緑のうすい木の葉をすかして赤々と見られる頃になると、小娘は集めた小枝を小さい草原に持ち出して、そこで自分のしょってきた荒い目籠《めかご》に詰めはじめました。

ふと、小娘は誰かに自分が呼ばれたような気がしました。

「ええ?」小娘は思わずそういって、起《た》ってそのあたりを見まわしましたが、そこには誰の姿も見えませんでした。

「私を呼ぶのは誰?」小娘はもう一度大きい声でこういって見ましたが、やはり答える者はありませんでした。

小娘は二三度そんな気がして、はじめて気がつくと、それは雑草の中からただ一《ひ》と本《もと》、わずかに首を出していた小さな菜の花でした。

小娘は頭にかぶっていた手拭《てぬぐい》で、顔の汗をふきながら、

「お前、こんな所で、よく淋しくないのね」といいました。

「淋しいわ」と菜の花は親しげに答えました。

「そんならなぜ来たのさ」小娘は叱りでもするような調子でいいました。すると菜の花は、

「ひばりの胸毛について来た種がここでこぼれたのよ。こまるわ」と悲しげに答えました。そして、どうか私をお仲間の多いふもとの村へ連れて行って下さいと頼みました。

小娘はかわいそうに思いました。小娘は菜の花の願いをかなえてやろうと考えました。そしてしずかにそれを根から抜いてやりました。そしてそれを手に持って、山路を村の方へ下って行きました。

路に添うて青い小さな流れが、水音をたてて流れていました。しばらくすると、

「あなたの手はずいぶんほてるのね」と菜の花はいいました。

「あつい手で持たれると、首がだるくなってしかたがないわ、まっすぐにしていられなくなるわ」

といってうなだれた首を小娘の歩調に合わせて、力なく振っていました。

小娘はちょっと当惑しました。

しかし小娘にははからず、いい考えが浮びました。小娘は身がるく路ばたにしゃがんで、だまって菜の花の根を流れへひたしてやりました。

「まあ！」菜の花は生きかえったような元気な声を出して小娘を見上げました。すると小娘は宣告するように、

「このまま流れていくのよ」といいました。

菜の花は不安そうに首をふりました。そして、

「先に流れてしまうとこわいわ」といいました。

「心配しなくてもいいのよ」そういいながら、早くも小娘は流れの表面で、持っていた菜の花をはなしてしまいました。菜の花は、

「恐《こわ》いわ、恐いわ」と流れの水にさらわれながら、見る見る小娘から遠くなるのを恐ろしそうに叫びました。が小娘はだまって両手を後へまわし、背でおどる目籠をおさ

えながら、かけて来ます。

　菜の花は安心しました。そして、さもうれしそうに水面から小娘を見上げてなにかと話しかけるのでした。

　どこからともなく気軽な黄蝶《きちょう》が飛んで来ました。そして、うるさく菜の花の上をついて飛んで来ました。菜の花はそれをもたいへんうれしがりました。しかし黄蝶はせっかちで、うつり気でしたから、いつか又どこかへ飛んで行ってしまいました。

　菜の花は、小娘の鼻の頭に、ポッポッと玉のような汗が飛び出しているのに気がつきました。

「今度はあなたが苦しいわ」と菜の花は心配そうにいいました。が小娘はかえって不《ぶ》愛想《あいそう》に、

「心配しなくてもいいのよ」と答えました。

　菜の花は、叱られるのかと思って、黙ってしまいました。

　間もなく小娘は菜の花の悲鳴に驚かされました。菜の花は流れに波打っている髪の毛のような水草に、根をからまれて、さも苦しげに首を振っていました。

　小娘は息をはずませながら、「まあ、少しそうしてお休み」

といって傍《わき》の石に腰を下しました。

「こんなものに足をからまれて休むのは、気持がわるいわ」そういいながら、菜の花は、なおしきりにイヤイヤをしていました。

「それで、いいのよ」小娘はいいました。

「いやなの。休むのはいいけど、こうしているのは気持がわるいの。どうかちょっとあげて下さい。どうか」と、菜の花は頼みましたが、小娘は、

「いいのよ」と笑って取り合いません。

が其のうち水の勢で、菜の花の根は、自然に水草からすり抜けて行きました。そして、不意に、

「流れるう！」と大きな声をして菜の花は又流されて行きました。小娘もいそいで立ち上ると、それを追って駈け出しました。

「やっぱりあなたが苦しいわ」と菜の花はこわごわいいました。

「何でもないのよ」と小娘もやさしく答えて、そうして、菜の花に気をもませまいと、わざと菜の花より二三間先を駈けて行くことにしました。

ふもとの村が見えて来ました。小娘は、

「もうすぐよ」と、声をかけました。

「そう」と後《うしろ》で菜の花が答えました。

しばらく話はたえました。ただ流れの音にまじって、バタバタ、バタバタと小娘の草履《ぞうり》で走る足音がきこえていました。

チャポーンという水音が、小娘の足元でしました。菜の花は死にそうな悲鳴をあげました。小娘は驚いて立ちどまりました。見ると菜の花は、花も葉も色がさめたようになって、

「早く早く」とのび上っています。小娘は急いで引き上げてやりました。

「どうしたのよ」小娘はその胸に菜の花を抱くようにして、後の流れを見まわしました。

「あなたの足元から何か飛び込んだの」と菜の花はどうきがするので、言葉を切りました。

「いぼ蛙なのよ。一度もぐって不意に私の顔の前に浮び上ったのよ。口のとがった意地の悪そうな、あのかっぱのような顔に、もう少しで、私はほっぺたをぶつける所でしたわ」といいました。

小娘は大きな声をして笑いました。

「笑いごとじゃあ、ないわ」と菜の花はうらめしそうにいいました。「でも、私が思わず大きな声をしたら、今度は蛙の方でびっくりして、あわててもぐってしまいましたわ」こういって菜の花も笑いました。

間もなく村へ着きました。

小娘はさっそく自分の家の菜畑にいっしょにそれを植えてやりました。

そこは山の雑草の中とはちがって、土がよく肥《こ》えておりました。

菜の花はどんどんのび育ちました。

そうして、今は多勢《おおぜい》の仲間と仲よく、しあわせに暮らせる身となりました。

クマ

前に、岡本《おかもと》の谷崎《たにざき》君からもらったグレーハウンド――これは「蓼《たで》喰う虫」に出て来る犬で、亡くなった小出楢重《こいでならしげ》君の挿絵《さしえ》にもある。なかなかりっぱな犬だった――これが年寄って、フィラリアにかかり、もう長くはないだろうと思っていると、ある朝、自分の寝ている部屋の前で、私の家内や子どもたちがさわいでいる声に眼をさまし、私はそこにナカ（犬の名）が死んでいることを知った。ちょうと胆石という病気で苦しみ、心身共につかれていた時であったし、ナカの死骸を見るのもいやで、寝床《ねどこ》から声をかけ、さっそく、いつも働きに来る白毫寺《びゃくごうじ》村の男を呼び、白毫寺の方に葬《ほうむ》らすようにいいつけ、私は起きては行かなかった。

ナカが、私の枕元から一間とはなれぬ所に来て倒れていた事は、偶然とは思われず、あわれに思った。

大体、私は子どもから動物を飼うことが好きで何かしら飼って来たが、年をとるにしたがい、よく老人のいうことではあるが、病気をされたり、死なれたりすることが心にいたむので、それに田舎《いなか》ずまいで植物に親しむことが多くなり、だんだんその方に心がかたむき、これは自然な傾向であるという風にも考えていた。所が子どもらのうちに、私の遺伝というわけでもあるまいが、動物好きがいて、それにひかされ、この三四年、又ついいろいろな生きものを飼うようになった。

ナカの死んだ時は、来年、東京に引越そうという時で、東京のすまいが、犬を飼うに適当かどうか、それがわかるまでは、飼わぬということにして、しばらくは犬なしでいた。所がある日、子どもらをつれ、いつものコースで、春日《かすが》の森から春日神社、三笠山《みかさやま》の下から手向山《たむけやま》、法華堂《ほっけどう》、二月堂《にがつどう》、大鐘《おおつりがね》から大仏殿の横に降り、裏をまわって東大寺塔頭《とうだいじたっちゅう》の一つである指図堂《さしずどう》に橋本君を訪ねたことがある。玄関からすぐ横が上方でいう庭で、勝手になっている。そこから橋本夫人が出て来ると、それについて犬の子が三匹とその母犬とが出て来た。子犬はたれかれかまわず、足にからまり、小さなしっぽを尻といっしょにむやみにふって喜んだ。橋本君は留守だったので帰ろうとすると、下から二番目の娘が、一匹の子犬の首を両手の間にはさんだまま、しゃがんでなかなか立とうとしない。

「ほしいわ。この犬、ほしいわ」と私の顔を見上げ、殊更そういう表情をして、私にそれを承知させようとした。又その子犬もどういう気持か、しっぽを垂れ、いやにおとなしくしているのが、そんなはずはないのだが、もらってもらえるかどうかを心配しているようにも見えるのだ。ムク犬で、いかにもゲテモノ犬だった。橋本君が留守でわからなかったが、結局私の負けで、もしほかに約束でもあれば、すぐ返すということにして、とにかく、この子犬をもらい、子どもらは争って、かわるがわるそれを抱いてつれ帰った。

「東京までつれて行く犬ではないから、引き上げる時は、誰かにもらってもらうんだ」こんなことを私は何度も子どもたちにたしかめておいた。シェファード、エアデル、あるいは日本犬など、純粋な犬が流行している時、この雑種の駄犬《だいぬ》をいつまでも飼っておく気はしなかった。それに私は前の経験で、そういう犬の野良犬根性には、てこずり切ったことがあり、「雪の遠足」という小品にも、そのことを書いたが、駄犬にはこりていた。今はかあいいが、いずれはあんな犬になりそうだと思われたので、あらかじめ子どもらにも、そういっておいた。二三日して橋本君からの伝言で、「どこにも約束はないので、もらっていただければ結構ですが、もし、いやだと思われるようなら、お返し下されても少しもさしつかえありません」といって来た。子どもらの一時の好奇心でもらって行って、今ごろは後悔していはしないだろうかという行届《ゆきとど》いた心づかいでもあり、又犬の方も、そういう心配をされそうな犬であった。名を何とつけようと、子どもらと相談した。テルとかヨネとかトクとかいう名は、これまで二代目まであった名で、なじみは深かったが、それぞれ相当な犬だったから、この子犬には不似合《ふにあい》に感ぜられた。結局、出ず入らず、熊のようだというのでクマと名づけた。

ここで男の子が学校に出した「熊」という作文の冒頭をうつしてみる。

「熊にはひ熊、月輪熊《つきのわ》、白熊、マレイ熊等あるが、家にいる熊は、熊でない熊だ。熊とは犬の名前である。熊と名前をもらうだけあって、長い毛がもじゃもじゃしている。唐獅子《からしし》にも似ているし、熊にも似ているが、やはり犬であるいじょうは、犬にも似ている……」

たしかに犬にも似ている犬である。

私はよく近所にいるK君にいやがらせをいった。

「東京へ行く時には、クマは君にもらってもらうことにしているから」

それを聞くと、K君はいつも苦笑していた。

「こいつを、綱でひっぱって、新橋から京橋まで歩けといわれたら、どうだね」

などともいった。

クマがまだ小さな頃、奈良公園《ならこうえん》をつれて歩いていると、奈良に遊びに来たらしい中年の女が、目に角《かど》を立て、「けったいな犬やなあ」と見おろして行ったことがある。長い、白い濃い茶の毛が、わかれわかれでなく、ゴッチャに密生しているのが、いかにもよごれているようで、きたなく見えた。それゆえ、私はクマの容貌《ようぼう》については、他にも極端に卑下《ひげ》していたが、飼っているうちに、性質のよいことがだんだんはっきりして来ると、自分でも意外なほどに、この犬がかわいくなった、かしこく、それに下品な所のない犬だった。見かけによらぬものとは、このことだと思った。

ある時、子どもらをつれ、花園《はなぞの》に、ラグビー試合を見にいったかえり、朝鮮人から、あひるの百日ひなくらいのやつを二羽買ってかえった。きたない米袋のような袋に入れたあひるを、裏口から庭の方へ下げて来ると、匂《にお》いで知れるか、クマは異常な好奇心で、耳の根元を前向きに立て、しっぽを下げ、それを固くして、振り動かしながらついて来た。

「クマが、すぐとってしまうわ」

「大丈夫だ。おれがいれば大丈夫。こらこら、これにかかると承知しないぞ。わかったか」こういって、頭をちょっとたたこうとすると、クマは身をかわし、今度は私の手のとどかぬ側《がわ》から袋に近づこうとした。大体、イングリッシュ・セッターの雑種の又雑種といった犬で、まだ猟犬の本能は相当に強く、植込みの中などで、とのさまかえるなどを見つけると、いつも根気よく追いまわしていた。

少しあやしい気もしたが、私が怒ればやめるにちがいないという自信から、クマのいる所で、かまわずあひるを袋から出してみた。同時にクマは、えらい勢で飛びかかって行った。庭中たいへんなさわぎだ。子どもらの悲鳴、私のどなる声、あひるの驚いた鳴き声、そしてクマだけが、だまってそれを追いかけた。クマがくわえてぬけた羽が、その辺に飛び散る。しかし愚鈍のようでもあひるは案外上手に逃げまわり、ついに体はかまれることなくすんだ。そのうちかえってクマの方が私にとらえられてしまった。

私は男の子にあひるをつかまえて来させ、クマの鼻にすりつけるようにして、さんざん尻をなぐってやった。クマは地面に腹をつけ、悲しげな眼つきをしていたが、それでクマには、この鳥を追いかけてはならぬということがよくわかったのだ。

以後、クマはけっしてあひるにはかまわなかったが、五六日して、どうしたことかあひるの一羽の方が煉瓦《れんが》でまわりを積んだ長方形の池の中で、白い腹を上に、長い首をあおむけに水の中に垂れて死んでいた。クマのしわざでないことは皆、信用していたから、クマはおこられずにすんだ。

あひるは群居している習性から、一羽になるとひどく淋しがり、庭の中をクマの後ばかりついて歩き、クマが寝ころぶと、その鼻先に来て、自分も腹を地面につけ、羽の間に頭をうずめ、ねるという風で、クマの方はそれを喜ぶ様子もなかったが、あひるの方はすっかりクマに慣れ、しじゅういっしょにいるようになった。クマが門から出て行くのについて出かけることもあり、私は犬を恐れぬこの鳥は、きっとそのうちに、犬に殺されるだろうという気がしていたが間もなく、友の家で飼っているタロウという犬に往来で殺されてしまった。

それから又間もなくのことであった。男の子が十銭に三羽というにわとりのひなをたくさん買って来たが、それを放す時、クマは遠くの方に寝ていて近寄ろうとはしなかった。あひるで怒られたことを覚えているのだ。広いところにはじめて放されたひなは、庭の中をあっちこっち駈けまわった。しまいにクマの寝ている近くまで行くようになったが、クマは又怒られるようなことが起りそうだとでも思ったか、身を起して、首を垂れ、横目で私の顔を見ながら、ひなのいる場所に近寄らぬよう、弧を描いて遠まわりをして裏口から外へ出て行った。

「今度は大丈夫です。けっしてかかるようなことはしませんから、怒らないでください」

その時のクマの様子が、はっきりこういっていることが、私にはよくわかった。しまいにはひなもすっかり信用し、クマが寝ている上に、よく乗ったりしていた。こういうかしこい犬ではあったが、クマは人にだけはいくら叱ってもよく吠えつき、時にかむこともあり、これには弱った。それで昼間は長いくさりでつなぎ夜だけ放すことにしていた。

一昨年の秋、家族の五人だけ東京に移し、あとに私と二番目、三番目の娘だけが残った。二人の学校の都合だった。動物の方は、やはりその頃飼っていた小ざるが東京組、クマが奈良組ということになった。そして昨年の春、私たちが出て来る時、クマもいっしょに出て来たが、かしこいようでも田舎者《いなかもの》のことで、迷子になっては困ると思い、クマは十日間くさりでつないでおいた。その間に、近所の町、あるいは戸山ヶ《とやまが》原《はら》あたりを運動に連れて歩き、もう大丈夫だろうと思ったので、十日目に私は、クマをくさりから放してやった。所が、それから二三日して、クマはやはり迷子になってしまったのだ。いやな気持になった。実はそれ以前、浅草へ行ったおり、仲見世《なかみせ》で、迷子札をほらせてあったのだが、柱の折釘《おれくぎ》に下げたまま、つけてやらなかった。それさえつけておけば、まだ望みはあったが、奈良とちがい、東京ではさがしに出て見たところが、さがしあてる見こみはなかった。それでも私は、子どもを連れ、戸山ヶ原の射的場《しゃてきば》の山の上から四方を向いて、子どもといっしょに、大声にクマを呼んで見たりした。ひどく寒い風の吹く夕方であった。

近所の交番に、私自身出かけてとどけても、巡査はとてもさがすわけには行かないといい、二三日して帰らなかったら、廃犬《はいけん》とどけをするがいい、その世話ならするという話だった。

かしこい犬にしては、似合わしからぬことに思われた。電車など一度も見たことのない犬で、省線電車にはねとばされたかも知れず、又、よく自動車を追いかけたりする、開《ひら》けない犬のことで、それにしかれて死んだかも知れぬなどと私たちは話しあった。

夜、犬の鳴き声がすると、クマの声に聞こえ、起きて、窓を開け、夜中、近所もはばからず大声に呼んで見たことも度々であった。

もしかすると、どうしても自家《うち》がわからず、奈良に帰る気にでもなったのではなかろうかという想像もした。大阪にやられた紀州犬《きしゅういぬ》が、何十日かたって、とうとう紀州まで帰り、主人の顔を見るなり、死んだという話などを思い出すと、クマの場合は、帰っても誰もいないのだから、なおかあいそうに思われた。

「そんなこともあるまいが、とにかく、手紙を出しておく方がいいね」と私は家内に奈良へ手紙を出さした。

今頃、東海道を西へ向かって、食うものも食わずに歩いているクマの姿を考えるといやな気持になった。

「もう幾日になるだろう」

「四日の晩《ばん》の御飯《ごはん》は食べているのですから……」などと、日をかぞえたりした。

　ある日、私は男の子を連れ、神田の本屋に子どものつから虎の巻を買いに行くことにしていた。出かけようと支度をしているところに、友だちが訪ねて来た。用もあり、久しぶりでもあったので、神田行きはやめる気で、ゆっくり話していると、又ほかの友達が来た。そして二人が帰ったのは四時過ぎであった。

「どうする。出かけるか？　それとも又あしたにするか？」というと、男の子はにやにや笑いながら、

「どっちでもいい。――今日行ってもいい」とあいまいなことをいった。こういう時には行きたいのだ。その上、帰途《かえりみち》、活動写真を見るか、どこかでうまい晩飯《ばんめし》でも食べたいということなのだ。

「本は晩でも買えるでしょう。もうじきできるから、御飯を食べてからいらっしゃい」

　一番上の娘は、弟の気持がしゃくにさわるという風に、しり上りの切口上《きりこうじょう》で、意地悪くいった。

「だまってろ。よけいなことをいうな」と男の子も見すかされた腹立ちから、姉をにらみつけている。

結局、出かけることにして、男の子とその下の女の子を連れて自家《うち》を出た。高田《たかた》の馬場《ばば》から東京駅行の市バスに乗ろうとすると、乗客がいっぱいで立たねばならず、もう一台待つことにした。そしてしばらくすると、次のバスが来た時、男の子はいち早く乗りこんで、私のために席を取ってくれ、きゅうくつではあるが、とにかく、三人並んで腰かけることができた。

このバスが、江戸川橋《えどがわばし》の十字路を通る時、私は何気《なにげ》なく外を見ていたが、護国寺《ごこくじ》の方へ江戸川橋を渡って小走《こばし》りにかけて行く犬が、遠見《とおみ》にクマに似ているような気がした。しかし立てているしっぽのぐあいが少しちがうようでもあり、もしかしたら欲目でクマのように見えるのかと、迷いつつ、子どもに、

「あれ、クマじゃないか?」というと、うち中《じゅう》で一番動物好きの田鶴子《たづこ》という女の子がたちあがり、こうふんして、

「クマだクマだ」と大きな声をした。

バスはすでに十字路を越え、犬の姿は家にかくれ、見えなかったが、私は子どもに、

「つぎの停留所で待ってなさい」といい、たって行くと、女車掌《おんなしゃしょう》は通せん坊をして、

「どうぞ、つぎの停留所でお降りをねがいます」といった。

「自家《うち》のはぐれ犬がいるんだ。ちょっとおろしてくれ」

「規則でございますから」

私は女車掌をおしのけて、バスからとび降りたが、運転手は何もいわず、私のため危険のないだけに速力をゆるめていてくれた。

私が走って橋の上へ来た時には、犬は――まだそれがクマであるかどうかはっきりしない――一丁ほど先を、同じ歩調で走っていた。私はみえもなく、「クマ――クマ――」と大声に呼んだが、犬はふりむこうともしない。私は犬より早く走って、間の距離をちぢめるより方法はないわけだが、情《なさけ》ないかな、一生懸命走るつもりで、それがさっぱり早くないのだ。走ることは得意な方だと思っていたが、それはただそういう過去の記憶であって、現在の自分は、身体《からだ》がまるでいうことをきかなかった。和服を着ていなかったことが、まだしも幸《さいわい》であったが、外套《がいとう》が重く、私はだんだんつかれて来た。そして追いかけているうち、それがたしかにクマだということはわかったが、いくら呼んでも聞こえない。ここで見逃がせば、ふたたびクマに出会うことはないと思うと、みえをかまわず、「クマ――、クマ――」と私はどなった。あいにく円《えん》タクは一台も通らず、走っているうちに、私は倒れそうな気がして来た。そして、私が弱るにしたがって、クマとの距離はだんだん遠くなって行くのが、気が気でなかった。

あちらからほかの犬が来て、クマも立ちどまって、ちょっと両方がかぎ合っているので、私はけんかをしてくれれば、その間に追いつけると思ったが、二匹はすぐ別れ、クマは又同じ早さであちらへ走って行く。

道の反対側に、自動車が一台止まっているのを見て、私は急いでその側《そば》へ道を越して行ったが、運転手の席には、四つくらいの女の子がいるだけで、運転手の姿は見えなかった。

「あの犬ですか」戦闘帽をかぶった職工風の若者が、すぐそばの自転車にまたがり追いかけてくれた。私は何もいわなかったのだから、若者はその前から、犬を追いかけている私を見ていたにちがいない。私は体力をつかいきったような疲労を感じ、額《ひたい》の汗をぬぐいながら、それでも若者がうまくとらえてくれるだろうか、クマが又かみついたりしないだろうか、そんな心配をしながら、歩いて行った。若者は間もなく追いついたが、恐ろしいのか、すぐとらえようとはせず、自転車でただ、その後をついて行くのが遠く見えた。

空の円タクが来たので、呼びとめて乗った。

「茶色の大きな犬でしょう？」あっちから来た円タクで、クマを見ていたのは好都合だった。

護国寺《ごこくじ》の門の前でようやくとらえることが出来た。自転車の若者に少しばかりの礼をしようとしたが、なかなか受取らないのを無理に渡し、私はクマと共にその自動車で帰って来た。江戸川橋の上で待っていた子どもたちを乗せ、神田行きは止めにして、そのまま自家《うち》へ帰って来た。

「クマは喜んだでしょう」この話をすると、よく人にそういわれるが、事実はその時、クマは私が予期したほどに喜んだ様子をしなかった。クマもつかれきっていたからかもしれない。もっともつかれていれば紀州犬のようにそのまま倒れてしまうこともあろうし、もしかしたら、毎日の苦労で頭が少しぼんやりしていたとも考えられる。なぜなら、江戸川橋に来て、男の子と女の子が乗ってくると、クマは自分が救われたことをようやくはっきり意識したらしく、非常に喜んだ。そして、今度は腰かけている私の両肩に前足をかけ、いくら、それをはずし、坐らそうとしても、又しても起《た》って私の肩に両の前足をかけ、私の顔の前に長い舌を出し、早い息づかいをしていた。自《う》家《ち》へつくまでクマはそうしていた。一週間目にクマは帰って来たわけだ。

あきらめていた所だったから、自家《うち》の者の喜びは非常だった。さっそくくさりにつなぎ、牛乳をやり、バタをつけたパンをやり、シュークリームまで与える子供もあった。しかしクマは、はじめはガツガツ食っていたが、それよりもしばらくねむらしてほしいという風に、間もなくのばした前足の間に首を入れ、薄目を開《あ》いたり閉《と》じたりしていた。

「偶然かも知れないが、偶然ばかりでもないような気がするね」

「よっぽど縁が深いのね。かあいがってやっていいわ」

「田中に頼んだエアデル、どうするかな、ことわろうか」

「そうね。二匹になると、いくらか情愛が薄くなったりすると、かあいそうだから、おことわりになったら」

「そんなこともないと思うが、ことわろうかね。さっそく電話をかけてくれ」

実際不思議といえば不思議なことだった。その日、客があり、その時間まで外出をのばしたことも、バスが満員で、一台やり過ごして乗ったことも、更にそのバスでも、もし反対側に腰かけていたら、クマを見ることはできなかったろうし、第一、十字路をバスが越す間に、それを直角の方向にいたクマを発見したのだから、すべてが実にうまくいったものだ。ものがうまく行く時は、そういうものだとも思ったが、それにしても、それを単に偶然といってしまっていいものかどうかわからない気がした。

私は二三日、ももの肉がいたみ、歩行に不自由をした。クマの方もやはり二三日はすっかり弱って、寝てばかりいたが、それを過ぎると又もとの元気なクマに還った。そしておかしなことに、このことがあってから、クマは私に対し、又一層従順になった。自家《うち》の者にはそうだが、それが他人に対しては、まるでちがうので、そのため、私の家でも時々困ることがある。

ジイドと水戸黄門

夜、自分は書斎で、ジイドの「窄《せま》き門《もん》」を読んでいた。十一時になった。あした、大阪の弁護士の所へ謝礼を持って行かなければならぬ。それに、女中を風呂に入れる都合もあるので、もう寝ようと思った。しかし近頃くせになっているひとりトランプを一度やって、できた所で、書斎を引きあげることにして、机の上を片づけて、よく切って札《ふだ》を並べると、それが一度でできた。

読みかけのジイドと、時計と、鉛筆と、紙と、それから老眼鏡とを持って、食堂へ出て行った。直吉《なおきち》はもう風呂から出て、寝間着を着、ストーブの前に腹ばいになって、子供の雑誌を読んでいた。直吉は今日は、終日本を読んでいる。姉たちが公園へ遊びに行った時も、ひとり家に残って読んでいた。いい加減にしないと、肺病になられても困るし、近眼《きんがん》になっても困ると思い、ちょっとそれをいってやった。

「おもしろいんねえ」直吉は奈良弁で答え、おもしろくてたまらないという顔をして私を見あげた。何でもこり出すと、夢中になる性《たち》で、しかしそのうち又変るだろうとも思った。子供たちの入ったあとなので湯を少し沸かしてから入った。

そして出て来ると直吉は、テーブルの上に乗って、今度は四つばいになって読んでいる。

「おい。もう寝ろよ。もう十二時だ」

私は寝間着を着、書斎から運んで来た物を持って寝室へいった。私は六畳へひとり寝ている。その隣の十畳に、直吉と姉たち三人が寝るのだ。

間もなく直吉は、本を持って私の寝ている所へ来た。私は読みかけの本を寝て読んでいた。

「ええなあ。――ええなあ」と直吉はしきりにいう。なぞはよくわかっている。姉たちはもうねるので、天井からの明るい電燈をつけておくと、文句《もんく》をいうのだ。私の寝床には、枕元に電気スタンドが置いてある。

「どうも早く大人にならんとあかんなあ」私がだまっているので、直吉はまだ側に立ってこんなことをいった。

私は身体《からだ》をずらし、背中の方を少しあけてやった。直吉は歓声《かんせい》をあげ、飛びこんで来た。

「そっちを向くんだ。背中と背中をピッタリつけて」

直吉はひどくうれしそうだ。

私はジイド、直吉は何か読んでいる。背中がぽかぽか温《あたたか》くなった。直吉は口の中でいいながら読んでいる。足を無意識に時々動かすのがうるさかったが、だまっていた。十五分ほどして、よほどおもしろい所へ来たのだろう。直吉は時々ひとりで、クスクス笑っていた。ピッタリつけているので、直吉が笑うたびに、背中をくすぐられるような気がした。

「何を読んでいるんだ」こうきいても、直吉は返事をしなかった。

「おい、何を読んでるんだ。──おい」私は背中でおしてやった。

「ええ?」直吉は初めて気がついた。

「何を読んでるんだ」

「何を読んでるって?」

上《うわ》の空《そら》で、まだそんなことをいっている。

「何を読んでるってきいてるんだ」

「水戸黄門《みとこうもん》」

「助《すけ》さん格《かく》さんか」

「ちがう。黄門が隠居して百姓をしてるんだ」

「それがおかしいのか」

「まあまあ、あとであとで、あしたお話してあげるわ」直吉は話で興味を中断されたので、そんなことをいう。

「いらねえよ」

「いらねえか」

「ばか」

直吉はそれには何もいわず、口の中で何かいいながら、なお夢中で読みつづけた。いかにもおもしろそうだ。私のジイドの比ではなさそうだ。私は気が散って仕方がない。直吉の方は、私が口をきかなければ、まるで夢中になれるのだ。ジイドでは、それほどになれなかった。

池の縁《ふち》

曇って温い日だ。金魚を入れる一畳敷《じょうじき》ほどの木箱を、先日梅の木を植える都合で、子供部屋の前へ移転した。昨日白毫寺《びゃくごうじ》村から来る男にそれを平らにすえさせ、水をはらして置いた。私は朝めしをすましてから庭へ出て、別の瓶《かめ》に入れて置いた金魚ともろこを木箱の方へ移していた。三つと二か月くらいになる田鶴子《たづこ》という私の小さい娘がいっしょになって、いらざる手伝いをするのが少しうるさかった。しかし私は、今日は気嫌がよかったから、別に怒らなかった。その仕事をすましてから、今度は瓶の方の水をかえた。そして手を洗うために家にはいって行くと、小さい娘もついてはいって来て、洗面所で、私といっしょに手を洗った。私は煙草《たばこ》に火をつけ又庭へ出た。娘はエーアシップの吸口《すいくち》をくわえて、又ついて来た。私は寝室の横から裏庭の方へ行くと、小娘《こむすめ》はやはりついて来る。二人を追い越して、前に谷崎君からもらったグレーハウンドの「ナカ」が走って行く。私と田鶴子と「ナカ」とは、いつもこうしていっしょなのだ。私が近所の友達を訪ねる時も、小娘と犬とはきっとついて来る。私がかくれて出かけても、後から必ず来るには閉口する。

裏庭に、はすや、すいれんや、しょうぶや、こうぼねや、ふといなど植えた池がある。色々な黒い魚も入れてある。私と娘と犬とは並んで立って池を見ていたが、冬のことで、植物はもとより、魚も皆、底の方に隠れていて、見えない。「きのうな、――せみがな、――木でないていた」

小娘が急にこんなことをいい出した。この小娘の場合、過去は常に「きのう」で片づけるので、いつのことをいっているのかとは思いながら、

「ねえ、せみとかとんぼとか、ああいう虫は、夏、あつい時でないと出ない。こんな寒い時分は、かもはえもいないだろう。そうだろう」こういうと、

「うそいいな」小娘は非常な自信で、一言《いちごん》の下《もと》に否定した。「何をいうか」という調子だ。

「ばか」私は笑った。

「うそいいな」小娘はもう一度そういって、にやにやしている。
「お前こそうそいいな」とこっちもいって、二人でいっしょに笑った。

子供三題

一　次郎君

K氏の親類の子で、名は知らぬ。次男だというから、かりに次郎君《じろうくん》とする。

次郎君の兄さんは、おとなしい子であるが、次郎君はなかなかのきかんぼうだそうだ。

次郎君の家に、大きな角火鉢《かくひばち》があって、先生なんぞというと、それに乗ってこまるという。K氏のおかあさんは、第一あぶないし、それをいやがってよくこごとをいった。その度、次郎君はふしょうぶしょう下りていた。

ある時、下りたと思って部屋を出ようとすると、いつの間にか又乗っていた。K氏のおかあさんは腹を立てて、だまってにらみつけた。次郎君もだまって、ふたたび下りたが、すぐ聞こえよがしにこんなひとりごとをいった。

「ええ！　あのばばあ早く死ねばいいなあ」

　ある日、おとうさんと湯にはいり、先へあがって、よく拭かずに行きかけるので、おとうさんは風呂の中から、

「風邪をひくぞ。もっとよく拭きなさい」と声をかけた。次郎君はちょっと手をあげ、二の腕を二三度ふうふう吹いて、そのままいってしまった。

　もう一つ。

　これもある日のことだ。次郎君はあめをほおばりながら、例の角火鉢のそばで、何かひとりでしゃべっていた。そして思わず、そのあめを灰の中へ落してしまった。もちろんあめは灰まぶれである。先生、それを火ばしでつまみ上げ、残念そうにながめていたが、側にいた妹にそれを食えといい出した。妹がいやだというとどうしても食えとしいた。

　はなれた所で見ていたおとうさんが、

「そんなことをいうなら、きさま食ってみろ」といくらか怒気《どき》をふくんでいった。さすがの次郎君も、これにはちょっと弱ったが、すぐ自分のふところから紙を出すと、それでくるくるとあめを巻き、自分の口へほうりこんだ。そしてほおばったままゆう

ゆうと部屋を出て行った。

なかなかおもしろいぼうずである。

二　かくれん坊

「もういいかあ。もういいかあ」遠くでこういう声がする。かくれんぼうの鬼がいってるらしいが、「もういいかあ」は少し間《ま》がぬけていると思った。私は二階で手紙をかいている。

間もなく下の往来を一人はぞうり、一人はくつでかける足音がして来た。二人はかけながら、何かせわしく話しあっていた。それがやむと、今度は景気のいい調子で、「もういいよう」私の妹の淑子《よしこ》の声である。

私は手紙を書きつづけていた。しばらくして封をしながら、気がつくと、下では子どもらが、何かしきりにいいあいをしていた。私は机ごしに手をのべ、障子《しょうじ》を五寸ばかりあけて見た。前の家の少しくぼんだ門の所に、淑子とオデットという淑子よりも一つか二つ下のフランス人の小娘とが並んで立っている。それと向きあって、ジョールという娘の兄さんが、みじかい半ズボンの下から白いすらりとしたすねを出して立っていた。「もういいかあ」はこのせんせいだった。

何でも、ジョールさんの鬼が、あっちからかけて来ると、二人は芸もなく並んで、そこに立っていたらしい。探すまでもなく、二人はすぐ見つかったが、さてどっちが今度鬼になるか、それがわからず、今そのもんちゃくの最中らしかった。

「ジョールさんが、そこで首をこうなさったでしょう？（と淑子は自分の首をめぐらして見せ）そしたら、私とオデットさんと、どっちが先に見えて？」

淑子は、それさえはっきりすれば、この難問題は解決されるのだというように口をかたく結んで、熱心にジョールさんの顔を見つめている。

ジョールさんは弱った。二人のどっちが先ず自分の目にうつったろう？　ジョールさんは赤皮の半ぐつの足をそろえまっすぐに立って、上目づかいに淑子と妹の顔を見くらべながら考えている。

金具のついた皮のバンドをゆるくしめ腹をつき出し、両の掌《て》を後《うしろ》でにぎりあわせ、だまって考えているジョールさんの様子は、いかにもしさいらしくおかしかった。

淑子も、オデットさんも、耳をすまし、ジョールさんの口から出る言葉を待っている。

　しばらくして、

「オデットだ」とジョールさんはきっぱりいい切った。きんちょうはゆるむ。

「ジョールはうそ。いやだわ、私」オデットさんは、眉根を寄せ、肩につくほど首をかたむけ、後手に門の戸をこすって、横あるきをしながら泣き出しそうな顔をした。

　淑子は気のどくそうにだまって、しばらくそれを見ていたが、

「そんならいいわ。私《あたし》鬼になるわ」といった。

「オデットずるい」兄さんは妹をにらんだ。

「いいことよ、私が鬼になるから。はやくお逃げなさい。ね、はやくお逃げなさい。私はここにこうしているから」

　淑子は両の掌を顔にあてて後ろを向いた。

「オデット、おいで」ジョールさんは不興気《ふきょうげ》にいった。

　オデットさんは不平らしい顔をしながら、それでも門の戸をはなれて出て来た。そして顔をかくしている淑子の方をもう一度ふりかえってから、急に勢よく兄さんのあとを追ってかけて行ってしまった。私は障子を閉めた。

しばらくして、「もういいかい」という淑子のかん高い声がした。

三　軽便鉄道

小田原《おだわら》で湯本《ゆもと》行きの電車を降り、前の茶屋に休む。熱海行の発車までには、なお一時間あまりある。

目の上に、こげ茶色のぶちのある小さい黒犬が、顔を見あげてしきりに尾を振る。そうして菓子をもらいつけている犬らしい。こびるような目つきが感心しない。菓子はやらなかった。

私のわきには、浅草《あさくさ》の者だというふとった男が腰かけている。新橋からずっといっしょに、たがいに無言で来たが、横浜の停車場を出る時、その男は私をかえりみ、はじめて口をきいた。

「いくらかおあたたかになりやしたな」

「ええ」

それだけで、その次は、平塚《ひらつか》を出る時、又その男が話しかけた。

「失礼《しつれい》ですが、どちらへ?」

「湯ヶ原《ゆがわら》へ行こうと思います」

「へえ、私も湯ヶ原で、湯ヶ原はどちらかお宿《やど》はきまっておりますか」

「きめています」

「宿屋にも○○(何か妙なことをいったが、私にはわからなかった)がありましょうな」

「え?」

「その、いいのと悪いのがございましょうな」

「あるでしょう」

「御病気ですか」

「いいえ」

「へえ、私は、そのころびましてな。二週間名倉《なぐら》へ通いましたが、さっぱりげんがございません」こういってすそをまくり、不快な色にはれあがったももを出して見せ、「これからこれへかけて、まだこれで……」と私の顔を見あげる。

「ああ」私は眉をひそめた。いかにもきたない感じがした。

国府津《こうづ》で電車に乗る時でも、小田原でそれを降りる時でも、その男はいつも、私の顔色をうかがって、「ここですか？」というような顔をする。私がちょっとうなずいて見せると、おじぎをして、そこそこに荷物を取りおろす。今いる茶屋にも、私についてはいって来たのである。

最初、何となくいやなやつに思えていたが、こう万事さからわずに出られると、自然と多少の好意が湧く。私は茶を飲みながら、この男と話した。

なかなか時がたたぬ。私は町を少し歩いて見る。足が悪いので、その男はついて来なかった。

小さな堀があって、堀の水はきたないなりによく澄んでいた。口のかけた徳利《とくり》がどぶどろに半分うずまっているのがよく見えた。

見附《みつけ》をはいった所に小学校がある。休み時間で子供がおおぜい遊んでいた。広い運動場で、砂地のために霜柱《しもばしら》が立たず、子どもらは地面にころがりまわって遊んでいた。私はひくい垣根のそばに立ってそれらを見た。はなたらしのきたない子供たちで、中には、たちの悪そうなやつもいるが、のどかな気持でこうして見ていると、どれもこれも、同様に親しい気持で見られれ、おもしろかった。

垣に近く、テニス・マッチをやっている連中があった。三尺幅《はば》ほどの網《あみ》が、地面にかいてある。これがネットで、ラケットは手のひらである。それでりっぱに試合をやっている。打ちこみの名人《めいじん》がいて、それにだいぶたおされていた。応援隊がさかんにやじっている。

私は時間のゆるすかぎりそれを見て、又ぶらぶらともと来た道を引きかえして来た。みちみち、いったい自分は、子供ずきなのか、それとも子供のような遊びごとがいまだにすきなのかなど考えて来た。

帰ると、茶屋のばあさんが、「すぐお乗りこみになってよろしゅうございます」といった。

乗合は浅草の男の外に、水兵五人、ほおぼねの高い五十ばかりの女と、その娘と男の子、それと私だった。

間もなく、へっついのような小さい機関車は、型のごとく汽笛を吹いて発車した。がたがたといやに気ぜわしく走る。早川橋を渡り、海岸づたいに、やがて石橋山のふもとへかかった。

「これから、だんだんあぶない路になりますよ」真鶴《まなづる》の者だという水兵が、となりの海軍工機学校と書いた帽子をかぶった水兵に話しかけた。

「ああ、そうかね」この男はおおようににこにこしながら、目はそのまま海の方をながめていた。

二人は知りあいではないらしかったが、場所々々で、真鶴の水兵はていねいに説明していた。

「根府川《ねぶかわ》の石山は、陸軍の所轄《しょかつ》ですから、むやみに切り出せないんです」

「そうかね」

「観音崎《かんのんざき》の要塞の石なんか、皆ここから出すんですよ」

「ああ、そうかね」とにこにこしている。

根府川の停車場は、いくらか坂になっているので、発車にブレーキをゆるめると、ちょっと逆行《ぎゃっこう》した。それと同時に、車輪がまわり出したから、車体がひどくゆれた。

「ゴースタンとゴーヘーを、いっしょにやりおるわ」おおような水兵は、皆をかえりみて笑った。私たちは別におかしくもなかったが、水兵たちは皆笑った。

「なるほどだんだんあぶなくなって来たね」

工機学校は、窓から首を出してその辺を見まわした。

「一つ脱線しようもんなら、これだけで海の中へどぼーんですぜ」真鶴は皆の顔を見る。

「なんまいだあ、なんまいだあ」こんなことをいう水兵があった。

「これからがだんだんあぶないんですよ」真鶴はなんとなく得意《とくい》である。

じっさいは、だんだん海面を遠ざかる。

「どうです」真鶴はいかにもうれしそうだ。

「こりゃあ、だいぶんあぶないね」とことばだけはあぶなそうだが、顔はあいかわらずにこにこしている。

あぶない所へ来るたび、真鶴は、

「どうです」という。

「あぶないね」と工機学校もおなじことをくりかえしていた。小田原、国府津の海岸が遠く見えている。

先刻から青い顔をしていた娘が、母親の胸へ額《ひたい》をつけ、何かいっている。

「頭をひやす方がいいよ」母親は抱くようにして立とうとするが、娘は力をぬいて動かなかった。

「もどしそうだ」

「だから、立って窓から首をおだしなさいよ」

「苦しい」娘は泣き出した。

「弱虫だよ。しっかり立って、顔をおひやしなさい」と母親はしかった。

娘は窓へつかまって顔を出し、そして何かもどした。

「よっぽどいいだろう」

娘はうなづいた。

母親はたもとからハンケチを出し、娘の涙を拭いてやった。娘は十三四の、そっぱで目のぎょろりとしたみにくい子だった。母親もあんまり感じのいい女ではなかった。しかしいかにも母親らしい感情にひたりつつ拭いてやる。それを、こっちもすでにそれほどの年でもないのに、だまって拭かしている。こういう様子は、一種いい気持でながめられた。

真鶴へ来て、真鶴の水兵は下りた。機関車へ水を入れ、熱海からの列車を待った。間もなく貨車を二台ひいたのが来て、それと入れ代りに私たちの列車は動き出した。その辺に遊んでいた学校がえりの男の子が五六人、われわれの列車を追いかけて来た。一人かばんをかけ、片手にビールの空《あき》びんを持ったやつが、客車のすぐわきまで追いせまって来た。向うで貨車に米俵をつみこんでいたこあげ人足《にんそく》が大声に、

「乗るじゃあ、ねえぞ」とどなっていた。

「乗れ乗れ。かまあもんか」と工機学校の水兵は、窓からのんきらしい顔をつきだし、子どもたちをおだてた。

　汽車が早くなるにしたがい、一人々々落伍して行ったが、七つばかりのいかにもきかんぼうらしいはなたらしだけが、一人しゅうねんぶかく追って来た。どういうつもりか、ぞうりを片方ははき、片方は手にはめて、それをきりきり振りまわしながら、むきになって追いかけて来る。ちょうど路が上りになって、汽車は少しおそくなった。きかんぼうはここぞと、どんぐり目をできるだけむき出して、だんだんに近よって来た。

「しっかりやれ、しっかりやれ」工機学校は今は起きあがって小さな窓から上半身を乗り出すようにして応援した。

　もう二三間で追いつく所まで来た時、その子どもはふいにうつむき、立ちどまってしまった。

どんぐり目に、石炭がらが飛びこんだのだ。

子どもは、目をこすりこすり、いつまでもまぶしそうにこっちを見送っていた。

「はははは、残念で、なかなか帰りよらん」水兵は笑いながら、それでも気のどくがり、ハンケチを出してしきりに振った。

しばらくして子どもは、目をこすりこすり帰って行った。

飼犬の米《よね》がいなくなったことは私を不機嫌にした。しかしそのため神経をいらだたすことはもういやだった。するだけのことをして、あとは運次第、縁次第。かえって来るものなら来る、かえらなければ、仕方がないときめた。それでも、前夜までその辺でさわいでいた姿が見えず、急ごしらえの小屋がくさりを地に引き、むなしくあるのを見ると、どこかでまごまごしている犬の姿が目に浮び、不快な気持になった。

ちょうど書生が郷里へ帰っている時で、私はすべてをしなければならなかった。私はさっそく近所の交番へ行き、くわしく毛色や大きさや種類などを話して来た。その時、巡査はたいがい見つかるだろうといったが、首輪には鑑札だけでまだ飼主の住所姓名をほりつけてなかったから、どうかと思われた。

米《よね》は半月ほど前、神戸の鳥屋から買って来た子犬である。イングリッシュ・セッター の至極《しごく》人なつっこい性質で、それは安かったわりに上等な犬ゆえ、きっとだれかにかあいがられるだろうと思われた。そしてさようにみじめな境遇にならずにすむと思えることは、私をいくらか気安くした。

私は自転車で一時間ほど町をまわって見た。せまい奈良の三分の一くらいは見たが、米の姿はどこにも見えなかった。夏の日盛りで、私は汗みずくで帰って来た。そしてこれがもう十年前だったら、自分はなかなかこんなに落ちついてはおられないと思った。現在でも不愉快にはちがいないが、それだからといって、ただむやみに気をもむことはできなかった。米はその日、とうとう帰って来なかった。

翌日はよく晴れた暑い日だった。起きたところに、九里《くり》がたずねて来た。私たちは、日よけをした張出縁《はりだしえん》で話した。しばらくすると米が見つかり、今、市役所へつないであるからと、近所の巡査が知らせに来てくれた。私は九里にしばらく待ってもらうことにして、すぐ自転車で出かけた。

しかし市役所には、米はいなかった。私は犬の鑑札を出すところで聞こうとしたが、しばらく待っても、若い役人は活動写真の何か届出に来た男と雑談をして、私のことは忘れた風にしていた。私はがまんしてなおしばらく待った。しかしあまりそれが長すぎるのでさいそくすると「今、たずねます」そういって、その話していた男とは別れたが、すぐ又、同僚の所へ行き、時計の先に一寸ほどの皮でついている銅のメダルの品評をはじめた。実にだらけたものだと思ったが、悪意ではなさそうなので、私はまあがまんしていた。五分ほどそんな雑談をしてようやく出て来た。

「お待たせしました」

二人は小使部屋に行き、その辺を探したが、米《よね》はいず、又誰も知らなかった。

「警察じゃないですか」

「たしかに市役所と知らしてくれたんです」

「それだったら、前の派出所かも知れません」

市役所の門を出た所に交番がある。若い役人は、そこへ私を連れて行き、ちょうど巡査がいなかったので、自身勝手に裏の方を開けたりしてさがしてくれた。

「警察へ電話でたずねてみましょう」

若い役人はこうなると、けっして不親切ではなかった。要するに気がみじかいか長いかの相違で、親切不親切の問題ではなかったことがわかった。私は短気を起こさずよかったと思った。

警察の返事は、ひろい主が市役所にとどけることになっているが、まだ来ていなければ、そのうち行くだろうとのことだった。

「午後かまたあす来てみてください」若い役人はそういった。

そういうことにして市役所を出たが、ついでにもう一息《いき》たしかめようと思い、その足で私は三條通《さんじょうどお》りの警察署へ行って見た。

警察署の連中《れんじゅう》は、市役所の連中よりはよほど落ちついていた。話は同じことだったが、さらに届出のあった派出所に、電話でくわしくきいてくれた。

前日尼ヶ辻《あまがつじ》の者が、鶯《うぐいす》の瀧《たき》へ行った帰途《かえりみち》、若草山《わかくさやま》の辺から犬がついて来た。追っても帰らず、仕方なく、奈良駅の交番へとどけたが、首輪に飼主の名がないため、翌日市役所で鑑札の番号でしらべさすことにし、犬はそのままその者につれて行かした。

それゆえ今ごろはもう市役所へ行っていることと思い、知らしたとのことだった。

「大丈夫もどりましょう」警察署員もいった。

しかし私は、こう見当がついたら、もう少し自身でさがしてみようと思った。

余談になるが、中学生時代、他人の時計を借りていてぬすまれたことがある。表面のガラスをこわしたので、教室において帰ると、翌日それがなくなっていた。困ったことは、それは普通の時計でなく、時間と分とが文字盤の小さな窓に、数字であらわれる式《しき》の物で、かりに代りを返すにしても、同じものが手に入るかどうかはわからなかった。しかしもしぬすんだ者が、こわれたガラスを入れさせるとすれば、変った式のものだけに、さがすのも早いと考えた。私は時間中その時計の画を五六枚かいて、かえり、近所の時計屋へわたしておこうと思った。ところがそのころの私は運動好きで、放課後すぐ帰るようなことはなかった。その日も、日の暮までテニスをし、いいかげん疲れきり、時計のこともあるが、帰り道の方向はいいとして、反対の四谷通《よつやどおり》、糀町通《こうじまちどおり》の方まできいて歩くのは、もう面倒くさくなっていた。しかしとにかく行ってみよう、そう心をひき立て、四谷通へ出て、最初の時計屋できいてみると、そういう時計なら、昨日ガラスを入れに持って来た人がある。しかしちょうど合うガラスがなかったので、この先の時計屋を紹介してやったという返事だった。一度でわかったのはおかしかった。そして私はすぐ教えられた店へ行ってみたが、たずねるまでもなく、ガラス棚の中に、もうガラスのはいったそれがかけてあった。私はわけを話し、誰が持って来たかを聞いた。海老原《えびはら》という少年で、海老原の字を説明して「カイロウハラ」だよといいすてて帰ったということだった、が、海老原という少年は、私たちの学校にはいなかった。おそらく偽名《ぎめい》をしたのだろうと私は思った。今日中に取りに来るはずとのことで私は来たらひき止め、すぐ電話をかけてもらう約束をして帰って来た。帰途《かえり》学生監部員の家へ寄り、そのことを話して帰った。そして私が自家《うち》へつくと十分しないうちに時計屋から電話がかかった。私は自転車ですぐ出かけた。それは学生ではなく給仕の少年だった。私は何らのじゅうたいなしに自分だけの力でそれを発見したことに一種の快感を感じた。しかしそこに閉口しきっている少年の顔を見ると、気のどくにもなった。「ほかにもぬすんだものがあるだろう。そいつを白状すればゆるしてやる。白状しなければ今にゴリラ（ゴリラと異名のある学生監部員）が来るから引きわたすぞ」「ほかにはありません」「うそをつけ」私は信じなかった。そのころじっさい学校でよく物がなくなった。私はそれをこの少年のしわざと思いこんでしまった。しかし後で知れたことだが、それはおもに、もう一人の小さい方の給仕のしわざで、海老原はそれにそそのかされはじめてやったのであった。

間もなく学生監部員が来たので、私は時計を受け取り、帰って来たが、今考えて、その時、時計のガラスの代《だい》をはらったか、どうか？　はらったような気もするが、はらうことを忘れて来たような気もする。もし海老原少年がはらっていたとすれば、ちょっとおかしな話である。あるいは時計屋が私からそれをもらうことを忘れたのかもしれない。

この事件は、海老原給仕には、今もなお苦しい思出《おもいで》の一つとなっているにちがいないが、私としては、物ごとが調子よく行く時はよくもこう一直線に行くものだという意味で、おもしろい経験の一つとなっている。

私は、今米《よね》をさがしながらそのことを思い出していた。

奈良駅の交番でも話は同じだった。ただ、その連れて来た若者の住所姓名をたずねておかなかったことが巡査としては手落ちらしく、「尼ヶ辻《あまがつじ》の者で、顔は時々見かけるのでよく知っているのですが」などと申訳をしていた。

「尼ヶ辻というのはよほど遠いのですか」

「小《こ》一里ありますな」

「これから行ってさがしてみましょう」

「三百戸からある村です」

「しかしとにかく行ってみます」

「名は聞いてないが、顔を知っているのだから、その者が逃がさんかぎり必ず市役所へ連れて行くとは思いますがな。しかしあなたが行かれるなら、私も行きましょう。今弁当をつかうからちょっと待ってください」

巡査はやはり自分の手落ちを気にしているらしかった。瀬戸物の二重弁当をいそいで食いはじめた。私はそこの椅子に腰かけ、往来をながめて待った。ちょうど京都から汽車がつき、停車場から大勢の人が出て来た。

白地の洗いざらしたひとえに鳥打帽子《とりうちぼうし》をかぶり、す足に古いせったをはいている私が、弁当を食っている巡査とさし向かいで腰かけている。この姿は誰が見ても刑事とより思えまいと思うと、こっけいであり、又いかにも感心しない姿だった。

間もなく二人は、自転車で尼ヶ崎へ向かった。炎天の一本道を走るのは容易でなかった。私は朝から何も食っていない。それに私の自転車の前の歯車が小さく後のがわりに大きいので、なかなか早く走れなかった。巡査は年も若いし自転車も私のから見れば上等なので、一丁ほど先へ行って速力をゆるめ、とかくおくれがちな私を待っていた。

尼ヶ辻へ来た。駐在所へ行って聞いたが、そこの巡査はかいもく知らなかった。町の四つ角にあるきたない床屋《とこや》へ行って聞いてみた。人出入りの多い所ゆえ、誰かの話に出るだろうという的《あて》で行ったがわからなかった。色の黒い坊主頭の大男である床屋の主《あるじ》は、「犬はわしも大好きだから、そんな犬ならすぐ話に出るはずだが……」といった。女房や、職人や、客や、皆いっしょになって、連れて来た男は誰だろうと考えてくれたがわからなかった。

「頭は？」

「このへんでわけていたね」

「どんなものを着ていました」

「白地の荒い絣《かすり》だったと思うが……」

「ふーむ」床屋のじじいは首をかたむけた。巡査がしらべられているようでおかしかった。

「なにしろしじゅう見かけて顔は知っとるのだが、名をつい聞かなかったので」

「ブリッキ屋の亀《かめ》さんやないか」

「そうかもわからんぜ」

「そうや、きっと亀さんにちがいない」

急に亀さんらしくなって来た。私たちはそれからあまり遠くないその亀さんの家へ行ってみた。しかし亀さんはるすで、養父母という老夫婦が出て来た。二人は私たちを見るとちょっと驚いた風で、ことに婆さんはこうふんしながら、亀さんはけっして他人の犬を連れて来るような人間ではないとしきりに弁じ立てた。ここでも私は刑事と思われたらしかった。私はこうふんしているばあさんに、

「犬は私の犬なんだが、よく人へついて行くので困るんだ」と亀さんが悪事をして巡査にたずねられているのではないことをのみこまそうとしたが、一たんこうふんしてしまったばあさんは、それがわかってからも、惰性でなかなかそれがおさまらなかった。

「大丈夫帰ることがわかれば、もう帰りましょう」私はもみあげから、しずくになってたれてくる汗をふきながら、巡査にいった。

「駐在所の巡査にもよく話して来ましたから、心配はないです」巡査は老夫婦に、

「今いったような犬だから、もし連れてくる者を見たら早く奈良の警察へとどけるようにいってください。――いやおじゃまでした」

私たちは自転車の向きをかえた。その時、あちらからちぢみのシャツにふとい下ば

きをはき、上に毛糸の腹巻をした若者が自転車を急がせて来た。

「ああ、あの男です」巡査は乗りかけた自転車を下り、笑い顔でむかえた。

「今、犬をさがしに見えたといううわさを聞いたものですから」若者は息をきっていた。

「ちょうどよかった」

「どうもありがとう」

若者の家は近かった。米《よね》はそこのせまい庭（路次《ろじ》のような土間で台所をかねた所）につながれていた。私がはいって行ってもしばらくわからぬ風で立ちあがってゆるく尾を振っていたが、間もなく嗅覚でわかったらしく急に喜び、むやみと私にとびついて来た。

「ぜいたくな犬で、味噌汁をかけた飯は食わんので、魚を煮てやりました」

若者は昨日米がついて来た一ぶしじゅうをくわしく話し、連れがあって、皆は電車で帰ったが、若者だけは米のためとうとう歩いて帰ったことなどいった。

「どうもお気の毒でした」

「いいえ、私も犬は大好きで、ついて来られると、仕方なくなって……」

私は巡査にいくらくらいの礼をしたらいいか小声で相談した。

「さあ」巡査もちょっと返事がしにくい風で考えた。

「三円くらいでどうですか」

「それで十分でしょう」

私はそれだけを紙に包んで出したが、若者は受け取ろうとはしなかった。傍《そば》から巡査が口ぞえをしてようやく受け取らした。

「それじゃあ、私はちょっと駐在所へいって話して来ますから」そういう巡査に、私は礼をいってわかれた。

綱をはなたれた米は元気に私の自転車の先に立って走った。私はとうとう見つけ、こうして連れて帰ってくる自分に満足を感じていた。ほとんど神経をいら立たすことなしに、結果をあげたことは、やはり年のせいだと思った。十年あるいは十五年前なら、なかなかこうは行かなかった。おそらくもっと熱心にさがしまわるかも知れないが、そのためどれだけ無益に疲労し、無益に神経をいら立たしたか知れなかった。今でも子供に病気されると、この傾向を発揮するが、それはそのためいいことはけっしてないのだ。

今度は一人故、炎天の道をゆるゆると乗って行った。坊主の若草山と有髪《うはつ》の春日山とが、よく晴れた空の下に仲よく肩をならべている。実に暑い日だ。米《よね》は長い舌からかわいた道の砂ぼこりに汗（あのよだれは犬の汗だそうだ）をたらしながら走った。そして時々田んぼへさかさまになってその汚いたまり水をのんだ。自転車より先へ走っていた米も、今は後から足を垂れ、ついて来た。ようやく町へかかった所で、私は氷屋を見つけ、しばらく休むことにした。自分は氷水、米にはバケツに水をもらった。大きなガラスびんに入っているアンパンを私は自身で出してやったが、米はかえりみなかった。米はそれより休みたい風で、氷を洗った水がどぶ板から流れてたまった所に寝そべって、箱根を越える汽関車のような早い息づかいをつづけていた。

「このへんに車屋があるかしら」

私はこれは車に乗せて行く方がいいと思った。赤砂糖からとった、変にくせのある甘露をかけた氷水を、私はもう一つ頼んだ。朝から何も食わない私は、少し体がよわった。しかし米も食わない汗ばんだようなアンパンは食う気にならなかった。

私が腰をあげると、案外元気に米もとび起きた。そして三條通をまっすぐに猿沢《さるさわ》の池から右へ折れ、ようやく自家《うち》へ帰ったのは、もう二時近いころだった。

「尼ヶ辻。西大寺と、西の京の間だ。そこへ行っていた」

「まあ、ばかねえ。どうしてそんな所へ行ったんでしょう？」

「そんなことは米《よね》に聞いてくれ。それより水だ。腹がへり過ぎて、何も食う気がしないや」

「米や」「米。米」「よかったよかった」「ばかねえ」

米は皆に頭をなでられながら、玄関のたたきに長々とはいつくばい、なおはげしい息づかいは止められずにいた。

鬼

毎朝寝起きがひどく大儀で、家内か娘に肩と腰をひととおりもんでもらい、しまいに四つばいになって、十五貫目《かんめ》ある大きな娘に、腰のこわばった筋肉の上に両膝《りょうひざ》で乗ってもらう。これだけしないと、眼がさめてもすぐにはなかなか起きられないくせがついていた。

ある朝、私は家内に肩、二番目の力のある娘に腰をもませながら、翌々日出かける旅行の支度《したく》のことなど家内にいいつけていると、家内は、

「私もお留守の間に、たまった張物《はりもの》なんか、みんなしてしまう」といった。

「鬼のいない内、洗濯か」と私はいった。

しばらくして、私はその旅行に家内も連れて行こうかと思い、しかしきっといやだ

というだろうと思いながら、

「お前もいっしょに行って見ないか」といってみた。

「おじいさん、おばあさんの新婚旅行ね」と家内は笑った。

「新婚旅行じゃない、ちょうど銀婚旅行だ。行こう」

「自家《うち》がどうかしら、貴美子《きみこ》や田鶴子《たづこ》がいやがるだろうし」と小さい娘たちのことを、家内はいい出した。

「だいじょうぶよ」と、腰の方をもんでいる娘がいやに力を入れていった。「喜久子《きくこ》ちゃんもいらっしゃるし、なんにも心配ないことよ。鬼といっしょにいってらっしゃい。」

「こら、何をいうか」と私は叱《しか》った。

奈良に二泊、それから紀州《きしゅう》へ行くつもりだったが、家内はもう帰りたくなっている。私は大阪から、家内だけ先に帰し、友だちと翌日紀州の方へ出かけた。

この旅行から帰ってある朝、私は寝ながら、娘のいった「鬼」を思い出し、そういえば十何年か前、奈良の幸町に住《す》んでいた頃、井上という近所の小さい男の子に、やはり「鬼」といわれたことのあるのを思い出し、おかしく思った。

井上はその頃、小学校にはいったかはいらないくらいの男の子で、近所かいわいでのいたずら小僧であった。色の黒い、眼のグリグリした、見るから丈夫そうな子供だった。古いことで細々《こまごま》したことは忘れたが、直吉という私のはじめての男の子の初節句に、Aさんが祝ってくれたりっぱな金時《きんとき》の五月人形を、いつの間にか座敷へはいった井上がおもちゃにしたらしく、金時のももにきたない指紋をたくさんつけて行った。そういういたずらはまだよかったが、古風な式台のついた八畳の玄関に、時々往来《おうらい》の砂や砂利《じゃり》を持って来て、その辺いっぱいにまき散らして行くいたずらには閉口した。家内や女中がいったくらいは何とも思わず、掃除をするあとからすぐ来て、又砂や泥をまいて行った。

ちょうど私が茶の間で祖父ゆずりの八反《はったん》の丹前《たんぜん》を着て、火鉢《ひばち》にあたっている時、又ザアッと砂をまく音が玄関の方でしたので、私はすぐ起《た》って、ステッキを持って大声に「こらーッ」とどなりながら、飛び出して行った。井上は驚いたねずみのような早さで逃げ出した。自家《うち》の門の前はせまい往来だったから、門を出るなり、井上が小さい体をいやに斜《はす》かいにして逃げて行く姿を思いだす。

その午後、私の上の娘が笑いながら、こんなことをいっていた。

「井上さんに会ったら、鬼が出て来おってん、ビイックリした。といっていたわ」

黒い衿《えり》のかかった八反のどてらを着、ステッキを持ってどなりながら飛び出して行った私の姿は、この小さないたずら小僧にはとらの皮のふんどしをした鬼のような印象をあたえたにちがいない。さすがの井上もよほどおそろしかったとみえ、それからは玄関に砂を投げこまなくなった。

それから二年ほどして、母親が死に、二三か月たって、父親も死んでしまった。よそへ出ている長兄があるとか聞いたこともあるが、それまで四人ぐらしの井上の家は、急に師範学校に通う十七八の兄と小学二年生くらいの井上と二人だけになった。

「井上さん。おとうさんがお亡《な》くなりになって、淋しいわね。かあいそうね」と家内がいったら、井上はそのグリグリした眼に涙をためて黙っていたという話を聞き、私は自分が鬼といわれたからいうわけではないが、これこそ、小鬼の眼に涙だと思った。

その数か月前、井上が近所の墓石や石燈籠《いしどうろう》などを作っている仕事場で、七八尺の高さから石くずのたくさん散らばっている上に横様《よこざま》に落ちて、泣かなかったのを見たことがあるからで、私はちょうどそこを通りかかったが、鬼ごっこのようなことをして、高い所にのっていた井上が、手をすべらして、落ちて来た。私はひやりとしたが、井上はすぐ起きあがると、顔はしかめて、そのまま、追いせまる鬼を相手に、その辺を逃げまわっていた。ずいぶん高い所だったから、怪我ぐらいむろんするところを、よほどうまく落ちたらしい。しかし普通の子供なら高い所から落ちたというだけでびっくりし、泣き出すか、少なくも少しは弱るだろうが、井上はすぐ飛び起きて、遊びをつづけたには、私もちょっと感心し、しばらく立って見ていた。

その井上が私の家内にちょっとなぐさめられ、すぐ眼に涙をためていたという話を聞き、いかにもかあいそうに思った。

両親が亡くなると、すぐ兄の方は師範学校をやめ、食料品屋をはじめた。いろいろな品を積んだ大八車《だいはちぐるま》をひいて、毎日町々を売ってまわった。私の家にも毎日来ていたが、それも二年ほどで、今度は清水町という所に店を持ち、小学校を卒業したばかりの井上が自転車で御用ききに来るようになった。相かわらずこわい顔をしてひどくぶあいそうだったが、古なじみの井上さんで、私の家族のものたちには評判がよかった。毎日来ながら、けっして笑顔を見せることもないし、必要以外の口もきかなかった。しかし兄弟二人で一生けんめいはたらいている感じが、皆にも好感を起こさせ店はわずかの間にめきめきと大きくなり品物も充実して行った。間もなく兄の方は嫁をもらい、井上自身もいい若い者になった。

私たちは昨年の夏、東京から奈良へ行って夏中くらしたが、皆で、清水の通りをあるいていると水兵になった井上があっちからあるいて来た。

「井上さんだ」娘の一人が早くも見つけると、皆も久しぶりで見る井上の水兵姿に、大いに好奇心を持ったが、それと気がついた井上は、いそいでそばの店屋にはいり、身をかくし、私たちが通り過ぎてしばらくすると、又出て来てあっちへあるいて行った。なみなみならぬはずかしがりやなのだ。

井上が今、どこで働いているか私は知らないが、もし戦争に出ているとすれば相当つよい水兵にちがいないと思った。

出来事

七月末の風の少しもない暑い午後だった。私の乗っている電車は、ひろい往来の、水銀を流したような線路の上を、ただまっすぐに単調なひびきを立てて走っていた。人通りはほとんどなかった。見渡したところでは、人造石《じんぞうせき》の高い塀の前に出ている大道《だいどう》アイスクリーム屋と、そこにしゃがんで扇《おうぎ》をつかっている客とそれだけだった。二人の上には、塀の内からいちじくが、物うそうにしまりのない枝をさし出している。その葉は元気なく内へ巻きかけて、かわき切ったうすほこりにおおわれて、気持悪そうにじっと動かずにいた。——私は一番前の窓によりかかって、ただぼんやりしていた。(それでも生《なま》あたたかい風が少しは通す)汗のにじみ出た手には、読みさしの雑誌が、外へ折りかえしたまま巻いてある。

一つの停留場へ来た。降りる人も、乗る人もないので、電車はそのまま退屈そうに、又次の停留場まで走った。ここでふとった四十くらいの女が乗って来た。片手に毛《け》じゅすの小さなこうもりを持って、もう一つの手には、ぬれ手拭《てぬぐい》をにぎって、それでしきりにのどのあたりをふきながらはいって来た。女は汗ばんだ赤い顔をしていた。それに物ういまなざしを向けた乗客もあったが、たいがいは半睡のいぜんからの姿勢でただぐったりしていた。

乗客は八九人あった。私の前に、電気局の章《しるし》のついた大黒帽子《だいこくぼうし》をかぶったはっぴ着《ぎ》の若者がかけていた。若者は不機嫌な顔をしてうつらうつらとしている。その次に、むぎわら帽子のつばをふかくおろした二人づれの書生が、二人ながらまたをひらいたいかつい姿でよくねむっていた。す足にかかったほこりが、油汗で黒くにじんで、それからすねの方に白くぼかしたようにかかっているのが、暑苦しいきたない感じをさせた。その次に洋服を着た五十いじょうの小役人らしい大きな男がかけていた。よごれたまがいパナマを後へずらしてまたの間に立てたステッキに顎《あご》をのせてぽかんと何を考えるともない思いきって気のない顔をしていた。目はあいているが視線に焦点がない。それでも私に見られているという意識はあったらしい。今度は背後《うしろ》へよりかかってうす眼をあいて又ぼんやりとしてしまった。すると又急に掌《てのひら》にまるめこんでいた毛ば立った木綿《もめん》のハンケチで、そのぬけあがった広い額を拭ったりした。――私も強い日光にもう目をはっきりと開いていられなかった。まぶたを細くしてものを見ている、それすらつらい。そのうちにこのじりじりとしたおさえつけるような不愉快な暑さが、不当な体刑《たいけい》でもあるように私には不平な心持で感じられた。雨に雨具を考え、寒さに防寒具を考える人間が、暑さだけをこうまともに受けて、それで弱り切っている。いかにもふがいないことだというようなことを考えた。

――窓からふいに白いちょうの飛びこんで来たのを見た。ちょうは小さいごむまりをはずますようにひとり気軽に、うれしそうに、又むやみとせっかちに飛びまわった。電車は、依然《いぜん》物ういひびきを立てて走っている。なやみ切った乗客は、自分がなんの目的でどこまで行くかも忘れたようにただぐったりとしていた。ちょうはすでに何町か運ばれたが、それも知らず、ただはしゃぎ、ひとりふざけている。このめまぐるしいひょうきん者の動作は、あつい布でも巻きつけられたような私の重苦しい頭を、いくらかかるくしてくれた。

ちょうはふいに、二三度つづけさまに天井へぶつかった。しかし止まりそこなった。

そして下の芝居の広告へ行って止った。まっくろい木版ずりで、別誂《べつあつらえ》玄冶店《げんやだな》とある、そのかんてい流のふとい字から、厚化粧のふかい光を持ったまっ白い羽ねの浮きあがっているのが美しく見えた。ちょうはさんざんはしゃいだ後の息でもついているように、急にじっとしてしまった。――電車はおなじように退屈にただ走った。乗客もおなじように半睡の状態でぐったりとしている。――私もいつか又何も考えなくなった。

　あるダルな数分間が過ぎた。私は運転手の妙なさけび声で、急に顔をあげた。そしてその方を見た時に、小さい男の子が今電車の前をつき切ろうとするのを見た。子供はこっちを見ようともせずに、一生けんめいにかけている。しかし外見からは、それはごくのんきなかけようだった。しかもその時は、まだ子供は線路内にはいってはいなかった。運転手は大声でなにかいいながらいそいでブレーキを巻いた。電車はもうよほどのろくはなっていた。が、それは直角にまじわる線を、子供も電車も、その交《こう》叉《さ》点《てん》へむかってのろいなりにばかばかしい鉢あわせをするために走っているようなものだった。しかもその時は、すでにどうすることもできないことのように思われた。子供の姿が運転手台の前のてすりのようなもののむこうへかくれると同時にガチャンと音がした。電車はそのまま一間ばかり進んだ。私は反射的に急にいたたまれない心持からいつか車掌のいる一番後《うしろ》のところまで自身をのがしていた。私は一人動揺する心持をぐっとおさえて人々の背中を見て立っていると、しばらくして急に子供の大きな泣き声が起った。ほっとした。（このほっとした心持ははるかに多く主我的な喜びであったように思う。しかし私にはこの心持は後でもかえって愉快に思えた。）

私は近よって行った。そうして人々の間から窓の外を見た。もうその辺の家々から人々が集まっていた。はげしく泣く子を抱きあげて、今まで私の前にいた電気局の若者が何かののしりながら恐しい顔でその辺を見まわしている。若者は気が立ったようになっていた。子供は手拭地《てぬぐいじ》のみじかい甚平《じんべい》さんを若者の手といっしょに胸までたくしあげられて、その肉づきのいい尻をまるだしにし、みじかいくびれた足をちぢめてむやみと大きな声で泣きわめいていた。頭の大きな汗だらけなそのみにくい顔は一そうおかしく見えた。

「大丈夫、大丈夫」と車掌は子供の尻をなでながらいっていた。若者は怒ったように、「ちょっともっとよく見てくれよ」というと、子供はさかさまに尻の方を高くして見せた。小役人らしい大きな男もいつの間にかそこに立っていて、

「よく見なくちゃいかんよ」と心配そうに自分ものぞきこんでいた。

「大丈夫です、かすりきずもありません」車掌はひと通りていねいにしらべていった。少しはなれたところで、機械のハンドルを下げて、何の表情もない顔をした運転手は冷淡な調子で、

「又うまく網へ乗っかったもんだ」といった。それを聞くと、

「ええ！　実にうまくやったね」と、小役人はすぐそっちをふり向いた。

「やいやい」子供を抱きあげていた若者は、又大きな声をした。「自家《うち》のやつはどうしたんだな」

「今迎いに行ったよ」見物の一人が答えた。

今まで泣きわめいていた子供は身をそらし、若者の手から逃れようともがきはじめた。若者が怒ると、子供はなおあばれた。そうして今度は若者の顔を真正面《ましょうめん》からなぐりにかかった。

「こんちくしょう」若者はこわい顔をして、子供をにらみながら抱いている手をのばし、子供を、自分の身体《からだ》からはなした。

小役人は、古いパナマをまだ後へずらしたまま、何となく落ちつかない様子でそこをうろうろしながら一人小声で、「うまくやった。実にうまくやった」といっていた。

そうして子供へ近よると、

「もう泣かなくてもいい」こういいながら、涙と汗とほこりできたなくくまをとったそのほおをなぜた。あばれていた子供も、この善良な小役人をなぐろうとはしなかった。小役人は中腰《ちゅうごし》になって、子供の尻から足の辺をしらべて見た。子供も、もうじっとされるままになっていた。

「おお、こりゃいかんぜ」こう小役人が大きな声をした。人々の散らばりかけた注意が急に集まると、

「小僧さん、いつの間にか小便をひょぐっとる」といった。人々はどっと笑った。

若者はだまった目に角《かど》を立てたまま自分の胸を見た。ちぢみのシャツが水落《みずおち》から下へぐっしょりとぬれていた。人々は又どっと笑った。子供のくびれたももにはさまっている五分《ごぶ》ひさごほどのきれいなちんぽこの先はまだしめっていた。

「ま、このがきはあきれたぜ」若者は子供を抱きよせるようにして、あごでその頭をごつんごつんとなぐった。子供は又はげしく泣き立てた。

「まあまあ、小便くらいいいさ」小役人はなだめるようにいった。その時、

「来た来た」見物の中からこういう声が聞こえて、むこうから四十いじょうの色の黒

いみにくい女がかけて来た。女はこうふんしていた。そうして若者の手から子供を受けとるとすぐ、

「ばか！」とその顔をはげしくにらみつけて、いきなりひら手でつづけさまにその頭をなぐった。子供は一そう大きな声を出して泣きわめいた。女は足をばたばたさせる子供を抱きしめると、二三度強くゆすぶって、又、「ばか！」といった。わきでこわい顔をしていた若者は、その時けんか腰に、

「おい、ぜんたいお前が悪いんだぜ」といった。それから二人は、いいあいをはじめた……

それとは又まったく没交渉に、小役人はあるこうふんからひとりごとをいいながら、そこを歩きまわっていたが、運転手がもう運転手台へ帰っている、そこへ行くと、又

「君、実にうまくやったね」

といった。彼はほとんど無意味にステッキで救助網をたたいた。そうして又

「君、こんなうまく行ったことはないよ。ええ、この網ができて以来、こんなことははじめてだ」といった。彼のこころよいこうふんを寄せるには、それは少し内容の充実しない言葉だった。彼はもっといいたいらしかった。しかし自分でも満足できるよ

うな詞《ことば》は出なかった。それに運転手は割に冷淡な顔をしていた。

もう人立もだいぶへった。自分の家の軒の下まで帰ってそこから立って見ている人の方が多くなった。

女は車掌にはしきりに礼をいっていた。子供も母のだらしなくたれ下がった大きな乳房に口も鼻もうずめてすっかり大人《おとな》しくなってしまった。

若者も小役人も車内へ入って来た。女は子供の下駄をひろって帰っていく。電車は動き出した。

若者は勢よく法衣《はっぴ》をぬぎ、そして小便にぬれたシャツをぬいだ。しまった肉附きの白い肌があらわれた。彼はシャツのぬれたところをまるめこんで、それで忙しく水落《みずおち》から下腹の辺をふいた。肩から腕、胸あたりの筋肉が気持よく動く。若者がちょっと顔をあげた時に、向いあいの私と視線があった。

「おうじょうおうじょう」といって若者は笑った。さっきの気の立ったような恐しい表情は、まったく消えて善良な気持のいい、生き生きとした顔つきになっていた。

四十くらいのふとった女と小役人がむこうで何か話している。小役人は手附きをしながら、熱心に何かいっている。書生も二人で話をはじめた。

暑さにめげて半睡状態にいた乗客は、皆生き生きした顔つきにかわっていた。私の心も今は快いこうふんを楽しんでいる。

ふと気がつくと、芝居の広告にとまっていた無邪気なひょうきん者は、いつか飛び去って、もうそこにはいなかった。

小僧の神様

一

仙吉《せんきち》は神田《かんだ》のあるはかり屋の店に奉公している。

それは秋らしいやわらかに澄んだ日ざしが、紺のだいぶんはげ落ちたのれんの下から、静かに店先にさしこんでいる時だった。店には一人の客もない。帳場ごしの中に坐《すわ》って、退屈そうにまきたばこをふかしていた番頭が、火鉢のわきで新聞を読んでいる若い番頭に、こんな風に話しかけた。

「おい、幸《こう》さん。そろそろお前のすきな、まぐろのあぶら身が食べられる頃だね」

「ええ」

「今夜あたりどうだね。お店をしまってから出かけるかね」

「結構ですね」

「外堀《そとぼり》に乗って行けば十五分だ」

「そうです」

「あの家《うち》のを食っちゃあ、この辺のは食えないからね」

「まったくですよ」

若い番頭からは、少しさがったしかるべき位置に、前掛《まえかけ》の下に両手を入れて、行儀よく坐っていた小僧の仙吉は、「ああ、すし屋の話だな」と思って聞いていた。京橋《きょうばし》に、Sという同業の店がある。その店へ時々使いに出されるので、そのすし屋の位置だけはよく知っていた。仙吉は早く自分も番頭になって、そんな通《つう》らしい口をききながら、勝手にそういう家ののれんをくぐる身分になりたいものだと思った。

「なんでも、与兵衛《よへえ》のむすこが、松屋の近所に店を出したということだが、幸さんお前は知らないかい」

「へえ、存じませんな。松屋というと、どこのです」

「私もよくは聞かなかったが、いずれ、今川橋《いまがわばし》の松屋だろうよ」

「そうですか。で、そこはうまいんですか」

「そういう評判だ」

「やはり与兵衛ですか」

「いや何とかいった。何屋とかいったよ。聞いたが、忘れた」

仙吉は、「いろいろそういう名代《なだい》の店があるものだな」と思って聞いていた。そして、「しかしうまいというと、ぜんたいどういうぐあいにうまいのだろう」そう思いながら、口の中にたまって来るつばきを、音のしないように用心しいしい飲みこんだ。

二

それから二三日した日暮だった。京橋のSまで仙吉は使に出された。出がけに彼は、番頭から電車の往復代だけをもらって出た。

外堀の電車を、鍛冶橋《かじばし》で降りると、彼はわざとすし屋の前を通って行った。彼はすし屋ののれんを見ながら、そののれんを勢よく分けてはいって行く番頭たちの様子を思った。その時彼は、かなり腹がへっていた。あぶらで黄《き》がかったまぐろのすしが想像の目にうつると、彼は、「一つでいいから、食いたいものだ」と考えた。彼は前から、往復の電車賃をもらうと片道を買って、帰りは歩いて来ることをよくした。今も残った四銭が、ふところの裏《うら》かくしで、カチャカチャと鳴っている。「四銭あれば一つは食えるが、一つくださいともいわれないし」彼はそうあきらめながら前を通り過ぎた。

Sの店での用はすぐすんだ。彼は、しんちゅうの小さい分銅《ふんどう》のいくつかはいった、妙に重味のある小さいボール箱《ばこ》を一つ受け取って、その店を出た。

彼は何かしらひかれる気持で、もと来た道を又引きかえして来た。そして何気なく、すし屋の方へ折れようとすると、ふとその四つ角の反対側の横町に、屋台で、同じ名ののれんを掛けたすし屋のあることを発見した。彼はノソノソと、そっちへ歩いて行った。

三

若い貴族院議員のAは同じ議員仲間のBから、すしの趣味は、にぎるそばから手づかみで食う屋台のすしでなければわからないというような通《つう》をしきりに説かれた。Aは、いつかその立食いをやってみようと考えた。そして、屋台のうまいというすし屋を教わっておいた。

ある日、日暮間《ま》もない時であった。Aは、銀座《ぎんざ》の方から京橋を渡って、かねて聞いていた屋台のすし屋へ行ってみた。そこには、すでに三人ばかり客が立っていた。彼は、ちょっとちゅうちょした。しかし思い切って、とにかくのれんをくぐったが、その立っている人と人との間にわりこむ気がしなかったので、彼はしばらくのれんをくぐったまま、人の後《うしろ》に立っていた。

その時不意《ふい》に、横あいから十三四の小僧がはいって来た。小僧は、Aをおしのけるようにして、彼の前のわずかな空《あ》きへと立つと、五つ六つすしの乗っている、前さがりの厚いけやき板の上をいそがしく見まわした。

「のり巻はありませんか」

「ああ、今日はできないよ」ふとったすし屋の主《あるじ》は、すしをにぎりながら、なおジロジロと小僧を見ていた。

小僧は少し思い切った調子で、こんなことははじめてじゃないというように勢《いきおい》よく手をのばし、三つほど並んでいるまぐろのすしの一つをつまんだ。ところがなぜか小僧は勢よくのばしたわりに、その手を引く時、妙にちゅうちょした。

「一つ六銭だよ」と主がいった。

小僧は落とすように、だまってそのすしを又台の上へ置いた。

「一度持ったのを置いちゃあ、しようがねえな」そういって主はにぎったすしを置くと引きかえに、それを自分の手元へかえした。

小僧は何もいわなかった。小僧はいやな顔をしながら、その場がちょっと動けなくなった。しかしすぐある勇気をふるい起《おこ》して、のれんの外へ出て行った。

「当今《とうこん》はすしもあがりましたからね。小僧さんには食べきれませんよ」——主は少しぐあい悪そうにこんなことをいった。そして一つをにぎり終ると、その空《あ》いた手で、今小僧の手をつけたすしを器用に自分の口へ投げこむようにして、すぐ食ってしまった。

四

「この間《あいだ》、君に教わったすし屋へ行って見たよ」

「どうだい」

「なかなかうまかった。それはそうと、見ていると、皆々こういう手つきをして、魚の方を下にして、一ぺんに口へほうりこむが、あれが通《つう》なのかい」

「まあ、まぐろはたいがいああして食うようだ」

「なぜ、魚の方を下にするのだろう」

「つまり、魚が悪かった場合、舌へヒリリと来るのがすぐ知れるからなんだ」

「それをきくと、Bの通も少しあやしいものだな」Aは笑い出した。

Aはその時、小僧の話をした。そして、

「なんだかかあいそうだった。どうかしてやりたいような気がしたよ」といった。

「ごちそうしてやればいいのに、いくらでも、食えるだけ食わしてやるといったら、さぞよろこんだろう」

「小僧はよろこんだろうが、こっちが冷汗ものだ」

「冷汗？　つまり勇気がないんだ」

「勇気かどうか知らないが、とにかく、そういう勇気はちょっと出せない。すぐいっしょに出て、よそでごちそうするなら、まだやれるかも知れないが」

「まあ、それはそんなものだ」とBも賛成した。

五

Aは、幼稚園に通っている自分の小さい子どもが、だんだん大きくなって行くのを、数の上で知りたい気持から、風呂場へ小さな体量《たいりょう》ばかりをそなえつけることを思いついた。そしてある日彼は、偶然神田の仙吉のいる店へやって来た。

仙吉はAを知らなかった。しかしAの方は仙吉をみとめた。

店の奥の横へ通ずるたたきになった所に七つ八つ、大きいものから小さいのまで、荷物ばかりが背順《せいじゅん》に並んでいる。Aはその一番小さいのを選んだ。停車場や運送屋にある大きなものとまったく同じで小さい。そのかわいいはかりを妻や子どもがさぞよろこぶことだろうと彼は考えた。

番頭が古風な帳面を手にして、

「おとどけ先は、どちら様でございますか」といった。

「そう……」とAは仙吉を見ながらちょっと考えて、「その小僧さんは今、手すきかね？」といった。

「へえ、別に……」

「そんなら少し急ぐから、私といっしょに来てもらえないかね」

「かしこまりました。では、車へつけてすぐお供をさせましょう」

Aは、先日ごちそうできなかったかわり、今日どこかで、小僧にごちそうしてやろうと考えた。

「それから、お所とお名前を、これへ一つおねがいいたします」

金を払うと番頭は別の帳面を出して来てこういった。

Aはちょっとよわった。はかりを買う時、そのはかりの番号といっしょに、買手《かいて》の住所姓名を書いて渡さねばならぬ規則のあることを彼は知らなかった。姓名を知らしてからごちそうするのは同様、いかにも冷汗の気がした。しかたがなかった。彼は考え考え、でたらめの番地とでたらめの名を書いて渡した。

六

客は加減をしてぶらぶらと歩いている。その二三間後からはかりを乗せた小さい手車を引いた仙吉がついて行く。

ある車宿《くるまやど》の前まで来ると、客は仙吉を待たせて中へはいって行った。間もなくはかりは支度のできた車宿に積みうつされた。

「では、頼むよ。それから金は先でもらってくれ。そのことも、名刺に書いてあるから」といって客は出て来た。そして、今度は仙吉に向かって、「お前も御苦労。お前には何かごちそうしてあげたいから、その辺までいっしょにおいで」と笑いながらいった。

仙吉はたいへんうまい話のような、少しうすきみ悪い話のような気がした。しかし何しろうれしかった。彼はペコペコと、二三度つづけさまにおじぎをした。

そば屋の前も、すし屋の前も、鳥屋の前も通り過ぎてしまった。「どこへ行く気だろう」仙吉は少し不安を感じ出した。神田駅の高架線の下をくぐって、松屋の横へ出ると、電車通りを越して、横町のある小さいすし屋の前へ来て、その客は立ちどまった。

「ちょっと待ってくれ」こういって客だけ中へはいって、仙吉は手車のかじ棒を下ろして立っていた。

間もなく客は出て来た。その後から、若い品のいいかみさんが出て来て、

「小僧さん、おはいりなさい」といった。

「私は先へ帰るから、十分食べておくれ」こういって客は逃げるように急ぎ足で電車通りの方へ行ってしまった。

仙吉はそこで、三人前のすしを平《たいら》げた。餓《う》え切ったやせ犬が、不時《ふじ》の食にありついたかのように、彼ががつがつとたちまちの間に平げてしまった。外《ほか》に客がなく、かみさんがわざと障子をしめ切って行ってくれたので、仙吉はみえも何もなかった。食いたいようにしてたらふくに食うことができたのである。

茶をさしに来たかみさんに笑いながら、

「もっとあがれませんか」といわれると、仙吉は少し赤くなって、

「いえ、もう」と下を向いてしまった。そして、忙しく帰り支度《じたく》をはじめた。

「それじゃあね、又食べに来てくださいよ。お代《だい》はまだたくさんいただいてあるんですからね」

仙吉はだまっていた。

「お前さん、あのだんなとは前からおなじみなの？」

「いえ」

「へえ……」こういって、かみさんは、そこへ出て来た主《あるじ》と顔を見合わせた。

「いきな人なんだ。それにしても、小僧さん、又来てくれないと、こっちが困るんだからね」

仙吉は下駄をはきながらただむやみとおじぎした。

七

Aは小僧に別れると、追いかけられるような気持で電車通りに出ると、そこへちょうど通りかかった辻自動車を呼び止めて、すぐBの家へ向かった。

Aは変に淋しい気がした。自分は先《さき》の日、小僧の気の毒な様子を見て、心から同情した。そして、できることなら、こうもしてやりたいと考えていたことを、今日は偶然の機会から遂行できたのである。小僧も満足し、自分も満足していいはずだ。人をよろこばすことは悪いことではない。自分は当然ある喜びを感じていいわけだ。ところが、どうだろう。この変に淋しい、いやな気持はなぜだろう。何から来るのだろう。

ちょうどそれは、人知れず悪いことをした後の気持に似通っている。もしかしたら、自分のした事が善事だという変な意識があって、それを本当の心から批判され、裏切られ、あざけられているのが、こうした淋しい感じで感ぜられるのかしら？　もう少し、したことを小さく、気楽に考えていればなんでもないのかも知れない。自分は知らず知らず、こだわっているのだ。しかしともかく恥ずべきことを行ったというのではない。少しも不快な感じが残らなくてもよさそうなものだと、彼は考えた。

その日行く約束があったので、Bは待っていた。そして二人は夜になってから、Bの家の自動車でY夫人の音楽会へ出かけて行った。

おそくなってAは帰って来た。彼の変な淋しい気持はBと会い、Y夫人の力強い独唱を聞いているうちに、ほとんど直ってしまった。

「はかりどうも恐れ入りました」細君《さいくん》は案の定、その小形なのを喜んでいた。子どもはもう寝ていたが、たいへん喜んだことを細君は話した。

「それはそうと、先日すし屋で見た小僧ね、又会ったよ」

「まあ、どこで？」

「はかり屋の小僧だった」

「奇遇ね」

Aは小僧にすしをごちそうしてやったこと、それから、後《あと》、変に淋しい気持になったことなどを話した。

「なぜでしょう。そんな淋しいお気になるの、ふしぎね」善良な細君は、心配そうに眉《まゆ》をひそめた。細君はちょっと考える風だった。すると、ふいに、「ええ、そのお気持わかるわ」といい出した。「そういうことありますわ。なんでだか、そんなことあったように思うわ」

「そうかな」

「ええ、ほんとうにそういうことあるわ。Bさんはなんておっしゃって？」

「Bには、小僧に会ったことは話さなかった」

「そう。でも、小僧はきっと大喜びでしたわ。そんな思いがけないごちそうになれば、だれでも喜びますわ。私でもいただきたいわ。そのおすし電話で取りよせられませんの？」

八

仙吉は空車《からぐるま》を引いて帰って来た。彼の腹は十二分に張っていた。これまでも腹一ぱいに食ったことはよくある。しかし、こんなにうまいもので、一ぱいにしたことはちょっと思い出せなかった。

彼はふと、先日京橋の屋台すし屋で、恥をかいたことを思い出した。ようやくそれを思い出した。すると、はじめて、今日のごちそうがそれにある関係を持っていることに気がついた。もしかしたら、あの場にいたんだ、と思った。きっとそうだ。しかし自分のいる所を、どうして知ったろう？　これは少し変だ、と彼は考えた。そういえば、今日連れて行かれた家は、やはり先日番頭たちのうわさをしていた、あの家だ。ぜんたいどうして番頭たちのうわさまで、あの客は知ったろう？

仙吉は不思議でたまらなくなった。番頭たちが、そのすし屋のうわさをするように、AやBも、そんなうわさをすることは、仙吉の頭では想像できなかった。彼は一途《いちず》に、自分が番頭たちのうわさ話を聞いた。その同じ時のうわさ話を、あの客も知っていて、今日自分を連れて行ってくれたにちがいないと思いこんでしまった。そうでなければ、あの前にも二三軒すし屋の前を通りながら、通り過ぎてしまったことがわからないと考えた。

ともかくあの客は、ただ者ではないという風《ふう》に、だんだん考えられて来た。自分が屋台すし屋で恥をかいたことも、番頭たちがあのすし屋のうわさをしていたことも、その上第一自分の心の中まで見とおして、あんな十分なごちそうをしてくれた。とうていそれは人間業《にんげんわざ》ではないと考えた。神様かも知れない。それでなければ仙人だ。もしかしたらおいなりさまかも知れないと考えた。

彼がおいなりさまを考えたのは、彼のおばで、おいなりさま信仰で、一時気ちがいのようになった人があったからである。おいなりさまが乗りうつると、身体《からだ》をブルブルふるわして、変な予言をしたり、遠い所に起った出来事をいい当てたりする。彼はそれをある時見ていたからであった。しかしおいなりさまにしては、ハイカラなのが少し変にも思えた。それにしろ、超自然なものだという気は、だんだん強くなって行った。

九

Aの一種の淋しい変な感じは、日と共に跡形《あとかた》もなく消えてしまった。しかし彼は神田のその店の前を通ることは、妙に気がさしてできなくなった。のみならず、そのすし屋にも、自分から出かける気はしなくなった。

「ちょうどようござんすわ。自家《うち》へ取りよせれば、皆もお相伴《しょうばん》できて」と細君は笑った。

するとAは笑いもせずに、

「おれのような気の小さい人間はまったくかるがるしくそんなことをするものじゃあ、ないよ」といった。

十

仙吉には「あの客」が、ますます忘れられないものになって行った。それが人間か超自然のものか、今はほとんど問題にならなかった。ただ、むやみとありがたかった。彼はすし屋の主人夫婦に再三いわれたにかかわらず、ふたたびそこへごちそうになりに行く気はしなかった。そうつけあがることは、おそろしかった。

彼は悲しい時、苦しい時に、必ず「あの客」を思った。それは思うだけであるなぐさめになった。彼はいつかは又「あの客」が思わぬめぐみを持って、自分の前へ現われて来ることを信じていた。

作者はここで筆をおくことにする。実は小僧が「あの客」の大体をたしかめたい要求から、番頭に番地と名前を教えてもらって、そこをたずねて行くことを書こうと思った。小僧はそこへ行って見た。所がその番地には、人の住《すま》いがなくて、小さいいなりの祠《ほこら》があった。小僧はびっくりした。――と、こういうふうに書こうと思った。しかしそう書くことは、小僧に対し、少しざんこくな気がした。それ故作者は、前の所で擱筆《かくひつ》することにした。

雪の遠足

寝坊をして十一時になった。雪のあしたにはめずらしいうす曇りの日だ。雪は枝の先にはもうなかった。ふとい所、股《また》になった所に、水気をふくんで残っていた。

「K君を起しなさい。それから、H君はもう起きたか？」

「さっきお弁当のことでいらしたんですけど、どうなの？　今からだと、もうおひるでしょう」

「そうだ。しかしパンを少し持って行こう」

「Hさんはパンでよければ私の方でつくるからっておっしゃるのよ」

「そんならそれでいい。とにかく、K君を起しなさい。ほっておけば、夕方まで寝ちまうから」

食事をすまし、支度ができたのは、一時過ぎだった。K君には私の古洋服、古あみあげを貸し、私とH君とは、ゴムの長ぐつをはいた。H君はパンのほかに、コーヒーを入れた大きな魔法びんを肩にかけた。

雪の遠足、子供の頃ほどには勇みたてなかった。しかしまだまだ年にしては、こんなことを興《きょう》がる方だった。

沼べりの田んぼ路《みち》を行くと、雪はもう解けかけ、くつの下で、ピチャピチャ音をたてた。雪は刈田《かりだ》の切株《きりかぶ》にまるく残っていた。

警察分署の横から町を横切り、踏切りの方へ行く。S大工の家の前には、夏の頃所望したが、ゆずらなかったねむの木が、さびしい姿で立っていた。駅員相手に掛茶屋《かけちゃや》のようなことをしていたから、夏、その下に縁台を出す、しげった木をとられては困るのだ。S大工がひげだらけのだるま顔を当惑さしていたのを思い出した。「夏になると、これがなかなかいいんだ。花もきれいだし」未練がましく、私は木をあおいで過ぎた。

線路を越すと、広々した畑になる。この辺、まだ一面に雪が残っていた。畝《あぜ》なりに波うつ雪の表面から、麦が所々にその葉先を見せていた。

やはりいい気持だった。私たちは立ち止った。その時ふと、十間程うしろに、自家《うち》の子犬が来ていることに私は気がついた。子犬もそこで立ち止っている。

「帰れ！」私は大声にいって追いかえそうとした。子犬は尾をたれ、わきへ身をかくした。

「歩けないか」

「歩けない。富勢《ふせ》の植木屋へまわると、三里あるからね」

とにかく追いかえすことにする。雪をぶつけると、尻をまるくして逃げるが、少し行っては立ち止り、又こっちを見ている。追えば追っただけ逃げて同じことだった。

「Sの所まで連れて行って、しばって来ましょうか」

「つかまるまい」

それほどいじめたこともないが、先天的、いじけた性《たち》で、これまでも人にけっして手をふれさせない犬だった。だまっていれば縁さきにも来るが、呼ぶとすぐかくれる犬だった。

根まけしてそのまま出かけた。子犬は遠くから見えかくれ、ついて来た。

「いなくなれば、ちょうどいいんだ」

実際、かっていても興味のない犬で、そう思いながら、やはりこうでいした。こんなに見えかくれついて来られるくらいなら、まだしも、近くついて来られる方がよかった。時々呼んで見るが、子犬はけっして近よらず、こっちから近よればやはりすぐ逃げた。

それから半みちほど来て、私たちはかたわらの畑にはいり、立ちながら、コーヒーを飲んだ。雪の中で、あついコーヒーはうまかった。

「どうも、あいつが気になっていけませんね」

「皆で追いかけたら、つかまらないかな」

「もう少しつかれてからでないと……。この間、首輪をゆるめてやろうとしたら手を食いつかれた」

「どうしてあんな犬を飼ったんです」

「Yの置土産《おきみやげ》だ。母犬は相当なフォックステリヤだが、おやじの方が野ら犬《のいぬ》なんだね。その根性を受けついでるんだよ」

「しかしそんなに馴れないくせに、ついて来るのが変ですね」

「それが変だよ。そうなると、雪の中に置いてきぼりを食わすのも気持が悪いしね」

「止ってると、少し寒くなる」

で、私たちは路へ出て、又歩き出した。そして間もなくそれが近道で、大きな松林の中へはいって行った。水気をふくんだ雪が時々高い枝から音を立てて、落ちて来た。松林を出て、細い路から一たん田んぼ路へ降り、さらにだらだら坂を登って、私たちはある村落《そんらく》へはいった。村には飼犬がいて、子犬はおどかされ、よく見えなくなった。その度《たび》私たちは後もどりをして探さねばならなかった。

見つけて「早く来い」こういうと、子犬は尾を下げたまま臆病にその先を振るが、近づけば逃げた。何者をもけっして信じない子犬の態度は、いくら子犬でも腹が立って来た。

「これじゃあ、夜になっても帰れないぜ。どこかでなわをもらって、つないで行こう」

私は農家で一間ほどのわらなわをもらって来た。しかし村なかでは外見《がいけん》が悪いので、村を出はずれてからつかまえることにした。

「何くわぬ顔で先へ行ってくれないか」

私は道端《みちばた》の灌木《かんぼく》の中に身をかくした。子犬が通り過ぎた所をはさみうちにするつもりだった。だんだん遠ざかる二人の足音を聞きながら、私は今にもあらわれる子犬を待ったが、二人が一丁ほど行っても、まだ子犬はあらわれなかった。私はそっとのぞいて見た。子犬はそこに立っている。そして私の姿を見ると、すぐ逃げた。

私は子犬が農家の納屋へ逃げこんだところをとうとうつかまえた。子犬は夢中になって、私の手にかみつこうとした。私は上あごをいっしょににぎって、あいた手で、なわを首わへ通した。それから犬の尻を五つ六つ平手でなぐってやった。子犬はなき声もたてずに食いつこうともがいた。かんしゃくから、こっちも殺気立った。二本にみじかくなった縄《なわ》でつるさげてやると、子犬は歯をむいたままふなのように空ではねた。

四足でふんばるのを無理にひきずって来た。左は桜山《さくらやま》という丘、右は路から一丁ほど下《さが》って田になっている。私は運動のハンマーのように子犬をふりまわし、遠く田んぼの中へほうり投げてやろうかと思ったくらいだった。しかしじっさいは路から田んぼの方へ子犬をつりおろし、その斜面を横にころがしながら歩いた。子犬は雪にまみれ、なおあばれていたが、しばらくすると体力的に弱った風で、ようやくおとなしくなった。私は路へあげてやった。子犬は眼をつりあげ、青い顔をしていた。そして自分でかんだか口から血を出していた。

とにかく一段落《いちだんらく》ついた。しゃがんで頭をなでてやっても、かみつこうとはしなかった。ひどく怒っているのだが、もう反抗する力がつきてしまった。私は二人のいる所まで子犬を抱いて行った。二人は笑っていた。私は急激な運動とこうふんとで、青い顔をしていた。二人は一尺五六寸の子犬を相手に活劇を演じ、青い顔をしている年上の男を笑っているらしかった。しかしそんなことは、いずれでもよかった。

「僕が抱いて行きましょう」H君がいってくれた。

「いいよ」

私は子犬がかあいそうになった。子犬は前歯を見せ、首をすえ、まるで下手な剝製《はくせい》のような形をしていて、頭やほおをなでても、眼も動かさなかった。

目的地の布施《ふせ》の弁天はもうそこだった。道からひくい松並木の道へおりた。そこは人通りがなくくつをうずめる雪があった。

私たちは、石段下の軒のひくいやすみ茶屋へはいった。土間は暗く、炉の火が赤かった。私はガラスぶたの平たい箱から勝手に駄菓子を出し、子犬にやった。しかし子犬はそれへ見向こうともしなかった。鼻へすりつけるようにしてもがんこにかえりみない。しかたがないので、今度は口を割って入れてやった。それでも食わず、口の横の方にそれをはさんだままじっとしていた。

こっちが悲しくなった。がんこもがんこだが、自分のやり方が、いかにこの臆病なそして気のひがんだ子犬にこたえたかを察すると、気がしずんだ。

子犬を縁台の足にしばり、しばらくやすんでから、私たちは寺を見物に行った。さん門の下から見た本堂のあついかや葺《ぶき》はりっぱなものだった。

私たちは堂内の絵馬を見あげ、それから丘を裏へ下り、一夜にできたという池を見た。山師坊主のしごとでその水が万病にきくと一時ははやったが、今は警察から禁じられ、その辺にできたいくつかの掛け茶屋も立ちぐされになっていた。私たちはなおお寺の宝物——近年この丘で掘り出された龍の頭蓋骨《ずがいこつ》——を見、ふたたび前の休み茶屋へ帰って来た。

子犬は縁台の下にまるくなって寝ていた。やった菓子はいくらか食ったとみえ、へっていた。子犬は鼻先を自分の下腹へうずめたまま、胴中《どうなか》をふるわせていた。

「とても歩かして行くわけには行かないな」私は犬を見ながらいった。そしてからだの大きな婆さんに「誰かこの辺で、こいつをもらってくれる人はないかね」と聞いてみた。

「病気にでもなりましたかね」

「病気じゃあない」

「何だか、ひどく弱ってるね」

「いじめたんだ」

「いじめたって……」婆さんは病気にきめこんで、「ろくに菓子も食わねえで……」と取りあわなかった。

「しかたがない。ふろしきをもらって、それへ包んで行こう」

間もなく私たちは、そうしてこの家を出た。犬をつつんだふろしきづつみは、結び目にステッキをとおし、K君とH君とが下げてくれた。

「そんなことをして行くと、人はどこかでぬすんで来たと思うぜ」というと、

「ばかばかしい話だな」とH君がこぼした。

子犬は不安そうに結び目の横から首を出し、その辺を見まわしていた。

「こら、おかごに乗った気でいると承知しないぞ」そういってH君はその頭をおしこんだ。子犬はしばらくすると、又しても首を出す。

H君はその度「こら！」といって、それをおしこんでいた。しゃくにさわっているのだ。

私たちは両側にぽつりぽつり人家のあるひろい路を、植木屋の方へ歩いた。日が暮れ、風が寒くなった。

植木屋の家は一度来たことはあるが、道をこの前とはぎゃくに歩いているので、私は気をつけながら行った。

しかし来て見れば、苗木畑《なえきばたけ》ですぐそれと知れたが、家《うち》の方はどうしたことかすっかり戸がしまっていて、声をかけても返事がなかった。もっとも植木屋はひとり者で、前年来た時には、うすくらい部屋の中に、十五六のやせこけた男の子が寝ていたが、秋、私の所に働きに来た頃は、もうその子にも死なれ、まったくの一人になったといっていた。子供の母親も、一年前同じ肺病で死んだというような話もしていた。

「どこかへ出かけたかな」

「近所で聞いてみましょう」

向う側の路地をはいると、軒下《のきした》で赤々と顔を照らされながらじいさんが鉄砲ぶろの火をもやしていた。はげ頭の後の方につけた小さなちょんまげですぐわかったが、このじじいはかやをふく屋根屋で、先年私の所にも仕事に来たことのある知った顔だった。

「戸がしめきってあるが、植木屋はどこか遠くへでも行っているかね」

「ああ、あれは、この暮《くれ》に亡《な》くなりましたよ」

「………………」

「だんなとこへしごとに行ってたね。あれから後《のち》ずっと弱っていたが、とうとう暮に亡くなりましたよ」

あのがんじょうな植木屋が死んだ――まったく思いがけないことだ。「それじゃあ、みんな死にたえたわけか」

「そうですよ」

「気のどくだな。実に気のどくだな。病気は何だったろう」

「やはり風邪が元だったね」

「肺炎かな」

「そんな病気だったろうね。皆肺が悪かったからね」

「しかしいい体《からだ》をしていたがなあ。力もあったし」

去年の秋、私はこの植木屋といっしょに、毎日植木いじりをしていた。その間にまず私が流感にかかり、私がなおると間もなく、今度は植木屋がかかり、半月ほど仕事を休んだことがある。そして又働きに来た時には、植木屋は目に見えて元気がなくなり、弟子と二人で、昼食《ちゅうじき》にはきっと焚火《たきび》でさんまをやいていた。毎日あぶらのつよいさんまを二匹ずつ食うということが、弱った体に勢《せい》をつけるつもりらしく思え、何となく気の毒な気がした。よく働く男だったが、病気のあとはきせるをくわえ、ぼんやり休んでいることが多くなった。そのうち、いよいよ堪《た》えられなくなった風で、仕事はまだ残っていたが、あとは春のことにしてもらいたいといい、私の方も別に急がなかったので、近日苗木でも見に行くからと別れたのが、そのまま今日になったわけであった。

一年半足らずに、親子三人がつぎつぎに死に絶えてしまったというのは、よくよくの不幸だ。力はあり、いかにも健康そうに見えたが、一方しずかで落ちついた所のある男で、私もそんな点で、とくにこの男に好意を持っていたが、死んで見ると、それらもやはりそういう運命からさす影ではなかったかという風に思いなされ、淋しい気持にさそわれた。

私たちは往来へ出た。ひくい生垣《いけがき》をめぐらした苗木畑には、こうやまき、もっこくなどが一丈ほどの高さでおしあいへしあいしげっていた。それらを作っていた人の家は死に絶え、今は木だけでしげっているというのは、一種不思議な気持がした。空家が屋根に雪をいただき、夕闇の中にじっとしているのも淋しかった。

私たちはこれからなお一里あまり、雪解《ゆきどけ》の夜道を行かねばならなかった。子犬は今はおとなしくふろしきの中にねむっているが、しかし今日のことで、この子犬もますますひねくれるだろうと思うと、かあいそうでもあり、いやな気持にもなった。

私は少しつかれて来た。路も去年一度通っただけで、夜ではたしかでなかった。松杉におおわれた切通《きりどお》しの暗い坂を下りる時には、私は何度も足をすべらしかけた。私たちはうすら寒い風の中を、だまりがちに歩いた。

台風

前日は、季節にめずらしい暑い日だった。東京の友達が来て、はじめは山を見はらす二階の座敷に通したが、異常なむし暑さでいられなくなり、席を階下《した》の日に遠い書斎にうつしたが、友はなお白扇《はくせん》を胸のところでせわしなく動かしながらセルの着物しか持って来ずに京都でひとえの借着《かりぎ》をして来たといった。

午後、共に町中の知人の家に初期肉筆浮世絵《しょきにくひつうきよえ》の屏風《びょうぶ》を見に行った。舞妓《ぶぎ》を描《か》いた六曲一双《ろっきょくいっそう》の屏風で、自分はこの絵は二度目だ。はじめての知人の古い家もおもしろかった。寺のようながんじょうなつくりで、太い柱がつかってあった。

しばらくすると驟雨《しゅうう》が来た。となりの屋根とせまい庭に勢《いきお》いよく降った。とうとう来た。これで助かると思ったが、間もなくやんでしまい、大阪へ行く友を電車まで送る自動車の上だけが少し涼しく、降りるとまたもともとどおりの暑さで、帰ってからもその暑さで、そのまま夜になった。頭と身体《からだ》がつかれた。ねても肩がこり、ね苦しい一夜であった。これが前兆で翌日台風が来た。

翌朝は風と雨だった。子供らの学校は遠かった。風でかさがつかえなかったから四人、自動車で出してやった。もう一人幼稚園にかよう女の子がいっしょに自動車で行きたいとだだをこねたので、しかってやめさせたら、縁側《えんがわ》にあおむけにねころんで泣いていた。

私はそとに近い瓦敷《かわらじき》の部屋からガラス越しに庭の木の動くのをながめていた。

「今日の風は、いつもとすこしちがうようだぜ」

こういっても、子供たちの出かけたあとの散らばった部屋の掃除に没頭している妻は、上《うわ》の空《そら》の返事をしていた。

時々庭の植木が突きとばされるようになびいた。色づいた柿《かき》の落葉《おちば》が、芝生の上で大きく一つの渦《うず》になって西へ、南へ、そのまま動いていた。勝手の方でブリキ缶がたきへ落ちる音がした。私はガラス戸のねじくぎをさして、この方が一枚一枚でおくより大丈夫だろうと思った。

隣家《りんか》の前の持主、A君がフランスから苗木《なえぎ》を持ち帰ったミモザが三四本、十五六年たって今は大木になっている。よく育つだけにさくい木で、大風のたびごと、枝や幹《みき》を折られるので、今日もきっと折られているだろうと思い、二階の廊下の西向きの窓から見ると、果《はた》してひどく折られ、今までにないほどいくつも白く折れ口をあらわしていた。不意に瓦《かわら》が二三枚目の前の玄関の屋根に落ちて来た。カランカランといやにさえた響《ひびき》がした。つづいて又何枚か落ちて来た。

学校へやった子供らのことが少し心配になった。それをいいに、妻の部屋へ行くと、幼稚園を休ませた女の子が一人、縁にすわって「風、もっと吹け。もっと吹け」と負けずにうたっていた。

隣家のN君の所で働いていた奥本《おくもと》が、電話線の切れた事を知らせに来てくれた。

「農沢《のざわ》を呼んでもらおうじゃないか。ついでがあったら、そういってもらいたいと頼んでくれ」

農沢も、今来た奥本も、白毫寺《びゃくごうじ》村の男である。

私は洋服、雨外套《あまがいとう》、ゴム長ぐつ、そしてつばを下《さ》げた帽子を首の根までかぶって、二三丁はなれた母の家へ行って見た。母は北向きの小さな茶の間で、ほどいた私の古羽織のつぎものをしていた。一週間ほど前、自家《うち》の庭から移し植えた小さなくちなしがかたむき、踏石《ふみいし》の上のジェラニアムの鉢が地面に伏さったくらいで、案外ここは平穏であった。電話も通じるということだった。小さな平家《ひらや》で、前隣《まえどなり》の洋館のちょうど蔭になっていたせいか、屋根瓦も、ほとんど被害がなかった。話しているうちに風は止《や》み、雨も小降《こぶ》りになった。東隣《ひがしどなり》の若い大家のJ君が来て、近い第二小学校の講堂がくずれたこと、公園の大木がだいぶたおれたことなどを話した。

しばらくして私は、きっと屋根をはがされているにちがいないW君の物置小屋のような画室《がしつ》を見に行った。W君夫婦は、画室の裏の田んぼへ出て、こねた泥で、外側から壁の穴をぬりつぶしていた。

「どうです。早いもんでしょう」W君は泥だらけの両手を下《さ》げ、得意《とくい》だった。この画室のたおれないのはふしぎだった。

私はまた、斜向《はすむこ》うのKの家を見に行った。養蚕室《ようさんしつ》をなおして住《す》いにしたかやぶきの家で、家はとにかく、すくなくも東側に出た目深《まぶか》いトタンのひさしはなくなっているだろうと思って行くとそれが無事であった。

「物足りないような顔をしてちゃ困りますね」

「まったく物足りないな」

「だいだいこの家は南へ少しかたむいているんですよ。南風には、だから比較的強いんですよ」

「風の方で無視したんだ。こんな家というわけで」

W君が来た。私が、

「公園がたいへんだそうだよ。行って見ようか」

というと二人とも賛成だったが、Kがまだ飯を食っていなかったので、あとでさそってもらうことにしてわかれた。歩きながらW君が話した。

「二階の窓から見ていたら、あの風の中でとびが飛んでいましたよ。風に向かっているのだが、どんどん逆に流されていました」

「えらいもんだね」私は感心した。

「どういうつもりですかね」

W君の家の玄関の側《そば》によく枝を張ったもちの大木があるが、大きな枝が黄色い実をたくさんつけたまま、折られて往来に落ちていた。

「おかげで此所《ここ》はだいぶ明るくなったでしょう」

二人は玄関前《さき》でまだ薄墨色《うすずみいろ》の雲を北へ北へ飛ばしている空を仰いだ。

帰ると、勝手口を入ったところに藁縄《わらなわ》で結んだ新しい瓦がいくつか積んであった。「農沢《のざわ》が屋根を調べて、もうなおしはじめているの」と台所の窓の中で妻がいった。百姓だが、この辺で「手伝《てつだい》」というのを商売にしている男で、一々いいつけられずともこういうことは要領よくやった。

しばらくして私たちは公園へ行って見た。いちばん多くたおされたのは杉だった。松は幹を中途《ちゅうと》から折られているのが多く、いちいの被害は比較的少《すくな》いようであった。二の鳥居《とりい》の大きな杉が、鳥居とすれすれに、参道を横切ってたおれていた。広く張った根が、土をつけたまま八畳敷《はちじょうじき》ほどの広さで地面と直角に立っていた。若宮《わかみや》の道では、目白《めじろ》おしの石燈籠の上に木がたおれ、累々《るいるい》と石燈籠の死骸《しがい》で道が埋《うず》まっていた。

私たちは、何となく快活になっていた。私は記憶からいっても暴風雨の後はいつもこういう気分になる。塀がたおれ、その辺が広々したり庭木の枝が少くなって空がよく見えたりするのは悪くないものだ。洋服を着た知らない人が、私たちに笑いかけてあいさつをした。この若い人も、何となく快活な気分になっているのだと思った。

公園でいちばんむざんな感じのしたのは浅茅ケ原《あさじがはら》だった。独立した一つ一つの老杉《ろうさん》に、皆なじみが深かったので、それらが根こそぎたおされているのを見ると、さすがに少し悲観した。今まで見えなかった博物館の屋根が、思いがけない所からよく見えるようになった。

私は同じ日の夕方、家族をつれて、もう一度春日神社《かすがじんじゃ》の境内《けいだい》から公園を一と廻《まわ》りして見た。この時はすでに号外で大阪の惨害を知った後であり、疲労もあり昼間のような快活な気分にはなれなかった。帰ってろうそくの灯《あかり》で晩めしを食った。

母の死と新しい母

一

十三の夏、学習院の初等科を卒業して、片瀬《かたせ》の水泳に行っていた。常立寺《じょうりつじ》の本堂が幼年部の宿舎になっていた。

午後の水泳がすんで、皆でさわいでいると、小使が祖父からの手紙を持って来た。私は遊びをはなれてひとり本堂の縁に出て、立ったままそれをひらいて見た。中に、母がかいにんしたようだという知らせがあった。

母は十七で直行《なおゆき》という私の兄を生んだ。それが三つで死に、その翌年の二月に私が生まれた。それっきり十三年間は私一人であった。所に、不意にこの手紙が来たのである。うれしさに私の胸はワクワクした。

手紙を巻いていると、一つ上の級の人が、わざと顔をのぞきこむようにして、

「お小使《こづかい》が来たね」と笑った。

「いいえ」

答えながら、いやしいことをいう人だと、思った。

私は行李《こうり》から懐中硯《かいちゅうすずり》を出して、祖父へと母へと別々に手紙を出した。

――旅に出ると私は家中《うちじゅう》――祖父から女中までに何か土産《みやげ》を買って帰らねば気がすまなかった。しまいには、「今度はおよしよ」といわれるようになった。それでやはり買って来ると、祖母や母も、「それぞれうまいものを見立てて」とほめた。

この水泳でも、来るとからそれを考えていた。しかし手紙を見ると、「今度は特別に母だけにしよう」と、急に気が変った。「ほうびをやる」こういうつもりであった。江《え》の島《しま》の貝細工《かいざいく》ではちょう貝《がい》という質《たち》が一番上等となっていたから、それで頭の物をそろえようと思った。くし、こうがい、ねかけ、かんざし、これだけを三日ほどかかっていねいに見立てた。

片瀬もあきて来ると、帰れる日が待ち遠しくなった。

日清戦争の後で、戦地から帰って来た予備兵が自家《うち》にも二十何人か来て泊《とま》っているという便《たよ》りが、しばらくすると来た。私はにぎやかな自家の様子を想像しても早く帰りたくなった。

二

帰ると、土産を持って、すぐ母の部屋へ行った。母は寝ていた。つわりだということで、元気のない顔をしていた。

その部屋のとなりは、十七畳のきたならしい西洋間で、敷物もなく、ふだんはたんすの置場になっていたがかたずけられて兵隊が十何人かそこにはいっていた。そのさわぎが元気なく寝ている母に一々きこえて来る。それがさぞいやだろうと思った。

母は夜着《よぎ》から手を出して、私の持って来た品を一つ一つきりの箱から出して眺めていた。

翌朝起きるとすぐ行って見た。母は不思議そうに私の顔を見つめていたが、

「いつ帰って来たの？」といった。

「昨日《きのう》帰ったじゃありませんか。持って来たお土産を見たでしょう」こういっても、考える様子だから、私はその品々を父の机の上から取りおろして見せてやった。それ

でも母は思い出さなかった。

その時は気にもかけなかったが、だんだん悪くなるにつれ、頭が変《へん》になって行った。そしてしばらくすると、頭を冷やす便宜《べんぎ》から、母はざんぎりにされてしまった。病床を茶の間の次へ移した。隣室の兵隊がやかましくてか、それは忘れた。もしかしたら、その時はもう兵隊はいなかったかも知れない。

だいぶ悪くなってからである。母があお向きになっている時、祖母が、私に顔を出して見ろといった。ぼんやり天井をながめている顔の上に私は自分の顔を出して見た。傍《そば》で祖母が、

「誰かこれがわかるか？」と聞いた。母はひとみを私の顔の上へ集めて、しばらくじっと見ていた。そのうち母は泣きそうな顔をした。私の顔もそうなった。そうしたら、母はとぎれとぎれに、

「色が黒くても、鼻がまがっていても、丈夫でさえあればいい」こんなことをいった。次に、根岸《ねぎし》のおばあさんという母の母が、私のしたように顔を出して、自分で、

「私は？」といって見た。

母は又ひとみを集めて見ていたが、急に顔をしかめて、

「ああいやいや、そんなきたないおばあさんは……」
と目をつぶってしまった。

三

かかりつけの医者は不愛想な人だが、親切で、その上自家中《うちじゅう》の人の体をのみこんでいると祖母などは信用しきっていた。ところがその二年ほど前、旧藩主の気のちがった殿様を毒殺したという嫌疑で私の祖父など五六人と共に二か月半この人も未決監《みけつかん》に入れられた。それ以来、どういうわけか縁を切った。（今は又かかるようになったが）で、母の病気は松山という世間的にはこの人より有名な近所の医者に診察してもらっていた。しかし祖母は何かとそれに不平があった。ことにノッペリした代診のおせじのいいのを不快に思っていた。

病気はだんだんと進んで行った。たえず頭と胸を氷で冷やした。

これもわけを知らないが、病床は又座敷の次の間へ移された。で、二三日するといよいよ危篤《きとく》となった。

汐の干《ひ》きといっしょにゆくものだと話していた。それを聞くと、私は最初に母の寝ていた部屋へかけて行ってひとりで寝ころんで泣いた。

書生がなぐさめにはいって来た。それに、

「何時から干くのだ？」と聞いた。書生は、

「もう一時間ほどで干きになります」と答えた。

母はもう一時間で死ぬのかと思った。「もう一時間で死ぬのか」そうその時思ったということはなぜかその後も度々思い出された。

座敷へ来ると、母はもう片息《かたいき》で、皆がかわるがわる紙に水をひたして唇《くちびる》をぬらしていた。――髪をかった母は、おそろしくみにくくなってしまった。

祖父、祖母、父、曽祖母《そうそぼ》、四つ上の伯父、医者の代診、あとだれがいたか忘れた。これらの人が、床のまわりを取りまいていた。私は枕のすぐ前に坐らされた。

ザンギリになった頭がくくりまくらの端の方へ行ってしまっている。それが息をする度にはげしくゆれた。われわれが三つ呼吸する間に、母は頭を動かして、一つ大きく息をはいた。三つ呼吸する間が四つする間になり、五つする間になり、だんだん間があいて行く。こごんで脈を診ている代診は、首をかたむけてうす目をあいている。

……もうしなくなった。こう思うと、しばらくして母は又大きく一つ息をはいた。その度に頭の動かし方がおだやかになって行った。

しばらくするとふいに代診は身を起した。――母はとうとう死んでしまった。

四

翌朝、線香をあげに行った時、そこにはだれもいなかった。私は顔にかぶせてある白い布を静かにとって見た。所が、母の口からはかにのはくような泡が盛りあがっていた。「まだ生きている」フッとそう思うと、私は縁側を飛んで祖母に知らせに行った。

祖母は来て見て、

「中にあった息がしぜんに出て来たのだ」といって紙を出してていねいにその泡をふきさった。

江ノ島から買って来た頭の物は、そのまま皆棺《かん》へおさめた。

棺をしめる金槌《かなづち》の音は私の心にたえられないいたさだった。

坑《あな》に棺を入れる時には、もうおしまいだと思った。ガタンガタンと赤土のかたまりを投げこむのが又胸にひびいた。

「もうよろしいんですか」こういうと、待ちかねたように鍬《くわ》やシャベルを持った男がえんりょえしゃくなく、ガタガタガタガタと土を落してうずめてしまった。もう生きかえっても出られないと思った。

母は明治二十八年八月三十日に、三十三で死んだ。下谷《したや》の御成道《おなりみち》に生まれて、名をお銀といった。

五

母が亡くなって、二月ほどすると、自家《うち》では母の後を探しだした。四十三の父が又結婚するということがその時の私には思いがけなかった。

お益《ます》さんという人の話が出た。これも思いがけなかった。この人は七つまでの友達だったお清《せい》さんという人の姉さんの又姉さんである。がその話はそれっきりで、かえってお益さんの父からほかの話が起った。そして写真が来た。

その翌日祖母は私にその写真を見せて、

「お前はどう思う?」といった。ふいで何といっていいかわからなかった。ただ、

「心さえいい方《かた》なら」と答えた。

その答は、祖母をすっかり感心させた。十三の私から、この答を聞こうとは思わなかったように、祖母は祖父にそれを話していた。聞いていて片腹《かたばら》いたかった。

しばらくして話はきまった。話がきまると、私は急に待ち遠しくなった。母となるべき人は若かった。そうして写真では、亡くなった母よりはるかに美しかった。

実母を失った当時、私は毎日泣いていた。——後年《こうねん》、義太夫《ぎだゆう》で、「泣いてばっかりいたわいな」という文句を聞き、当時の自分を思い出したほどによく泣いた。ともかく、生まれて初めて起った「取りかえしのつかぬ事」だったのである。よく湯で、祖母と二人で泣いた。しかし私は、百日過ぎないうちに、もう新しい母を心から待ちこがれるようになっていた。

六

一日一日を非常に待ち遠しがった末に、ようやく当日が来た。赤坂《あかさか》の八百勘《やおかん》で式も披露もあった。

式は植えこみの離れであった。四つ上の伯父、曽祖母、祖母、祖父などと並んでお杯《さかずき》を受けた。その時私は、不器用な右手だけを出して台から杯を取りあげた。無骨な豪傑肌の伯父さえも謹んでしている中で自分だけわざとそういう事をした。しながら少し変な気もしたが、勇ましいような心持もあった。

式が終って、植えこみの中を石を伝って帰って来ると、背後から、

「なんだ、あんなぞんざいな真似をして」と伯父が小声で怒った。私ははじめてたいへんな失策をしたと気がついた。私は急にしおれてしまった。

広間では、客が皆席についていた。私は新しい母の次に坐った。母はおや指にまっ白なほうたいをしていた。かすかなヨードホルムの匂いがした。

席がみだれるにつれて、私も元気になって来た。雛妓《おしゃく》の踊りがすむと、大きい呉服《ごふく》

屋《や》の息子で私と同年の子どもが、その時分流行しだした改良剣舞《けんぶ》をやった。その後で四つ上の伯父と私とただの剣舞をした。

芸者が七八人いて、われわれの前には顔立のいい女が坐っていた。父は少し酒に酔っていて、母の前で、その芸者に、「この中ではお前が一番美しい」という意味の事をいった。何かいって芸者は笑った。母も強《し》いられて少し笑った。私はヒヤリとした。お杯の時した自分の武骨らしい厭味な様子と、父のこれとがその時心で結びついたのである。

お開きになった。玄関で支度をしていると、新しい母の母が寄って来て、「これを忘れましたから、あげてください」と小さな絹のハンケチを手渡した。帰ると、母はもう奥へ行っていて会えなかった。私はそれをていねいにたたみなおして、自分の用《よう》だんすにしまってねた。

七

翌朝私が起きた時には、母はもう何かちょっとした用をしていた。私は縁側の簀子《すのこ》で顔を洗ったが、いつもやるように手で、はながなんとなくかめなかった。

顔を洗うとすぐハンケチを出して母をさがした。母は茶の間の次のうす暗い部屋で用をしていた。私は何か口ごもりながらそれを渡した。

「ありがとう」こういって美しい母は親しげに私の顔をのぞきこんだ。二人だけで口をきいたのはこれが初めてであった。

渡すと私は縁側を片足で二度ずつ飛ぶかけ方をして書生部屋に来た。書生部屋に別に用があったのでもなかったが。

その晩だったと思う。寝てから、

「今晩はおかあさんの方でおやすみになりませんか」

と女中が父の使で来た。

行くと、寝ていた母は床を半分あけて、

「お入りなさい」といった。

父も気嫌がよかった。父は「子宝といって子程の宝はないものだ」こんなことをくりかえしくりかえしいい出した。私はくすぐられるような、なにかいたたまらないような気持がして来た。

私の幼年時代には、父は主に釜山《ふざん》と金沢《かなざわ》に行っていた。私は祖父母と母の手で育てられた。そうしていっしょにいた母さえ、祖母の盲目的なはげしい愛情を受けている私にはもう愛する余地がなかったらしかった。まして父はもう愛を与える余地を私の中にどこにも見出すことができなかったに相違ない。この感じは感じとしてその時でもあったから、私には子宝がなんとなく空々しく聞きなされたのである。――それより母に対して気の毒な気がした。

父が眠ってから母と話した。しばらくして私は祖父母の寝間へ帰って来た。

「なんのお話をして来た」祖母がきいたが、

「お話なんかしなかった」と答えてすぐ夜着のえりに顔をうずめて眠ったふりをしていた。そうしてひとり何となくうれしい心持を静かに味わった。

皆が新しい母をほめた。それが私には愉快だった。そうしてこの時はもう実母の死も純然たる過去に送り込まれてしまった。――少なくともそんな気がして来た。祖母も死んだ母のことをけっしていわなくなった。私もけっしてそれを口に出さなかった。祖母と二人だけになってもその話はけっしてしなくなった。

そのうち親類まわりがはじまった。

祖母が一番先、次に母、それから私と、車をつらねて行った。往来の男は、母の顔に特別に注意した。ほろの中で、うつむきかげんにしている母の顔を不遠慮にじっと見る男の目を見ると、その度々私はあわい一種の恐怖《きょうふ》とあわい一種の得意とを感じていた。

翌々年《よくよくどし》、英子《ふさこ》が生まれた。

又二年して直三《なおぞう》が生まれた。

又二年して、淑子《よしこ》が生まれた。これは、今年十二になる。祖母のペットで、祖母と同じように色のあさぐろい子である。

又二年して隆子《たかこ》が生まれた。又二年して女の子が死んで生まれた。隆子はその乳まで飲んで母のペットになっていた。

それから三年して、目の大きい昌子《まさこ》が生まれた。昌子が三つと二か月になったこの正月に又女の子が生まれた。

母のお産は軽かったが、後まで腹がいたんだ。

「まだよほどいたみますか?」と私がきいた時、

「こんにゃくであたためてもらったらだいぶよくなりました」

母は力み力み答えた。

「こんなにいたむのは今度だけですね」

「年をとってだんだんからだが弱って来たんでしょうよ」若くて美しかった母もこんなことをいうようになった。

蜻蛉

序

此本には動物に関した作品だけを集めた。

私は少年時代から生きものを飼う事が好きで、自分でそういうものを飼い始めたのは白鼠と高麗鼠《こまねずみ》が最初だったように思う。私が十歳位の時だった。然し、私は幾種類もの動物を飼う事を許されず、別の新しい動物を飼う為めには前からのものを始末してからでなければ飼う事が出来なかった。

七面鳥を飼っていて、何かに更える時、近所の西洋料理屋へそれをやったら、丸焼きにして大きな楕円形の皿に載せて持って来た。五十何年か前の事で、私の家庭ではそういうハイカラな料理の扱い方を知らず、もう一度やって、小さく切らしたという記憶がある。

私は色々の生きものを飼った。変ったものでは熊の仔や狸を飼った事がある。虫ではかな蛇や百足《むかで》も飼って見た事がある。研究的な興味で飼ったわけではないが、百足が友食いをしない虫だという事とか、かな蛇の玉子がどんなゴム鞠よりもよく弾むものだという事などを知った。

山科《やましな》に住んでいた頃、南洋産の小猿を放飼いにした事がある。近所の農家へ行って、飯櫃《めしびつ》の中に入って、それを食ったり、女中のがま口を持出し、屋根の棟へ行ってそれを開け、銭を撒き散らして了《しま》った事などもあった。兎に角、猿の放飼いは却々《なかなか》世話が焼けた。それに糞仕《ふんし》が悪く、ある時、友達と陽当りの縁で将棋をさしていると、座敷と縁の境の欄間《らんま》のような所に小障子がはめてある、その開けてあるところに乗って居眠をしていたが、盤側に急に水が落ちて来たと思ったら、猿が上で小便をしたのだった。矢張り、犬とか猫でないと永く飼う事は出来ない。熊なども暫く飼ってから奈良の公園課に寄附したら、その後、それを世話していた人が腕にひどい傷を負わされた。

この本はスバル出版社孝橋謙二《こうはしけんじ》君が自身の好みによって選み集めてくれたものである。

そして題簽《だいせん》は私の希望で、安田靫彦《やすだゆきひこ》氏を煩わした。

昭和二十二年十二月六、長男結婚の前日

志賀直哉

蜻蛉

暑い。今年の暑さは不自然にさえ思われる。庭の紫陽花《あじさい》が木一杯に豊かにつけた美しい花をさも重そうに垂れて居る。八つ手は葉の指を一つ一つ上へつぼめて出来るだけ烈しい太陽の熱を受けまいとして居る。又八つ手の根本に植えられた鬼百合は真逆《まさか》、これ程の暑さが来ようとは思わなかったろう、ひょろひょろと四五尺も延びて、今はそれを後悔して居る。茎は蕾《つぼみ》の重みに堪えられず、蕾の尖った先を陽炎《かげろう》の立ち昇る乾いた地面へつけて凝《じ》っとしている。それは死にかかった鳥のように見えた。

麦藁蜻蛉《むぎわらとんぼ》が来た。蜻蛉はカンカンに照りつけられた苔も何も着いていない飛石へとまった。そして少時《しばらく》すると其暑さの中に満足らしく羽を下げた。

自分は一ト月程前、庭先の濠で蜻蛉の幼虫だろうと思う醜い虫が不器用に水の中に潜って行く姿を見た。あの虫がからを脱けてこうして空中を飛んで来たのだと思った。此暑さにもめげない蜻蛉の幸福が察せられた。蜻蛉は秋までの長くもない命を少しもあせらずに凝《じ》っとして暑さを楽しんで居る。凡《およ》そ十分もそうして居た。其処に今度は塩辛蜻蛉《しおからとんぼ》が飛んで来た。其黒い影が地面をたて横に走った。すると今迄凝っと羽根をへの字なりにして居た麦藁蜻蛉が眼ばかりと云っていい頭をクリクリと動かした。と思うと急に軽い速さを以て塩辛蜻蛉を眼がけて飛び立った。塩辛蜻蛉は逃げる間《ま》がなかった。空中で羽根と羽根の擦れ合う乾いたような音がして、一寸一緒に落ちかかった。が、直ぐと二疋はもう一つになって居た。悠々と高く飛んで行く。その方にもくもくとしたまぶしい夏の雲があった。蜻蛉は淡い点になって暫く見えて居た。

家守

松江の独り住いで、朝起きて次の間の戸を開けようとした。其処には未だ机の上に電燈がついている。バサッと何か畳へ落ちた音がした。家守《やもり》だった。自分は家守が机の下に逃げ込むのを見届けてから雨戸をあけた。戸外《そと》はもう朝日が照っていた。

自分は炭取から火鉢代りにしていた杉箸を持って来て家守をつまみ出そうとした。家守は柔かい体をくねくねさして逃げた。敷居の所まで来た時、自分はそれをうまく外へはじき出した。家守は飛石の傍に凝《じ》っとしていた。自分は殺さないと又晩に入って来るだろうと思った。庭へ下りると家守は逃げ出したが自分は杉箸で胴中をおさえて手ひどく地面へ擦りつけた。柔かい胴が只よれるだけで却々《なかなか》死なない。自分は家守の少し弱った所を上から頭を突きつぶしてやろうと思った。二三度失敗した後うまく丁度眼と眼の間の脳天に箸を立てた。箸の先は黒く焦げて尖っていた。家守は尾をクリックリッと動かして藻掻《もが》いた。自分は手に少し力を入れた。家守はキューキューと啼いた。それから、ぐっと力を入れると片方の眼が飛び出した。そして自然にそうなるのか又は抵抗する気か口を大く開けた。口の中は極く淡い桃色をしていた。箸は脳天から咽《のど》へ突きとおった。箸を上げるとその先に家守がだらりと下った。未だ死にきってはいなかった。然しそれは部分的に身体が生きているので脳天を突きぬかれた家守の命は消えたも同じだった。

自分は家守の死骸を隣の鶏に食わして見ようかと思ったが、毒のように思えたので止めた。自分は隣の鶏の生む玉子を毎朝二つずつ飲んでいたし……。

死骸は箸からぬいて庭の隅へ捨てた。箸は低い柴垣から往来へ捨てた。

それから三十分程して自分は縁に近く胡坐《あぐら》をかいて朝の食事をしていた。其時雀が一羽庭の隅で頻《しき》りに何かを突いたり振りちぎったりしているのを見た。よく見るとそれは小さい啼かない蟬《せみ》だった。蟬は羽根をバタバタやっていたが、もう逃げる力はなかった。自分は其時家守はどうしたかしらと思った。食事を済まして自分は其死骸を見に出た。雀は驚いて蟬をくわえて逃げて行った。

家守は何時《いつ》の間にか生きていた。片眼は飛び出したまま、脳天は穴の開いたまま、自分が近よると弱々しい歩き方で逃げ始めた。自分は不意に厭な気持に襲われた。自分は若し此の家守が此まま自然に元通りのからだに癒《なお》って了《しま》うだろうと考えられたら生き返った事を喜べたかも知れない。然しそうは考えられなかった。そして自分は気味悪さと同時にある怒りを感じた。自分は其時生き返った虫をふみにじる事の出来ないような細い丸竹で出来た草履《ぞうり》を穿いていた。で、自分はそれを前の濠へ持っていって沈めてやろうと思った。竹箒《たけぼうき》で濠まで掃いて行こうとした。自分はそれ程力を入れたつもりはなかったが、一ト掃き掃くと家守は不意に恰《あたか》も自分の力で飛んだように二間ばかり先の濠へ臨んだ無花果《いちじく》の根元の蕗《ふき》の生繁《おいしげ》った中に入って了った。然し自分の眼ははっきりとその行方を見定め得たのではなかった。それから自分は丁寧にそれを探して見た。蕗の葉を丹念に箒で分けて見た。濠の中も見た。無花果の枝も揺《ゆす》って見た。無花果の枝からは青蛙が二匹濠へ落ちて、あわてて又石垣へ泳ぎついた。自分はそれからも根気よく蕗の繁みを調べた。が、とうとう家守は見つからなかった。自分には夜になると又其片眼の脳天に穴の開いた家守が自分の部屋に這込んで来る事が想像された。自分はその想像を直ぐ打ち消した。が、それにしても家守が生きている事は自分にとって凶事のように思われた。一寸《ちょっと》気分の暗くなるのを感じた。然し幸に其日は半月程の予定で伯耆《ほうき》の大山《だいせん》へ行こうと思って居た日だった。自分は間もなく隣の若い大工夫婦に留守宅を頼んで停車場へ向った。

城の崎にて

山の手線の電車に弾飛《はねと》ばされて怪我した。其後養生《あとようじょう》に一人で但馬《たじま》の城崎《きのさき》温泉へ出掛けた。背中の傷が脊椎カリエスになれば致命傷になりかねないが、そんな事はあるまいと医者に云われた。二三年で出なければ後は心配はいらない、兎《と》に角《かく》要心は肝心だからといわれて、それで来た。三週間以上——我慢出来たら五週間位居たいものだと考えて来た。

頭は未だ何だか明瞭《はっきり》しない。物忘れが烈しくなった。然し気分は近年になく静まって、落ちついたいい気持がしていた。稲の穫入《とりい》れの始まる頃で気候もよかったのだ。一人きりで誰も話相手はない。読むか書くか、ぼんやりと部屋の前の椅子に腰かけて山だの往来だのを見ているか、それでなければ散歩で暮していた。散歩する所は町から小さい流れについて少しずつ登りになって行く路にいい所があった。山の裾を廻っているあたりの小な潭《ふち》になった所に山女《やまめ》が沢山集っている。そして尚よく見ると、足に毛の生えた大きな水蟹が石のように凝然《じっ》としているのを見つける事がある。夕方の食事前にはよくこの道を歩いて来た。冷々《ひえびえ》とした夕方、淋しい秋の山峡《さんきょう》を小さい清い流れについて行く時考える事は矢張り沈んだ事が多かった。淋しい考えだった。然しそれには静かないい気持がある。自分はよく怪我の事を考えた。一つ間違えば、今頃は青山の土の下に仰向けになって寝ている所だったなど思う。青い冷い堅い顔をして、顔の傷も背中の傷も其儘《そのまま》で。祖父や母の死骸が傍《わき》にある。それももうお互に何の交渉もなく、――こんな事が想い浮ぶ。それは淋しいが、それ程に自分を恐怖させない考えだった。何時かはそうなる。それが何時か？――今迄はそんな事を思って、その「何時か」を知らず知らず遠い先の事にしていた。然し今は、それが本統に何時か知れないような気がして来た。自分は死ぬ筈だったのを助かった。何かが自分を殺さなかった、自分には仕なければならぬ仕事があるのだ、――中学で習ったロード・クライヴという本にクライヴがそう思う事によって激励される事が書いてあった。実は自分もそういう風に危なかった出来事を感じたかった。そんな気もした。然し妙に自分の心は静まって了《しま》った。自分の心には、何かしら死に対する親しみが起っていた。

自分の部屋は二階で、隣のない、割に静かな座敷だった。読み書きに疲れるとよく縁の椅子に出た。脇が玄関の屋根で、それが家へ接続する所が羽目になっている。其羽目の中に蜂の巣があるらしい。虎班《とらふ》の大きな肥った蜂が天気さえよければ、朝から暮近くまで毎日忙しそうに働いていた。蜂は羽目のあわいから摩抜《すりぬ》けて出ると、一ト先ず玄関の屋根に下りた。其処で羽根や触角を前足や後足で丁寧に調《ととの》えると、少し歩きまわる奴もあるが、直ぐ細長い羽根を両方へシッカリと張ってぶーんと飛び立つ。飛び立つと急に早くなって飛んで行く。植込みの八つ手の花が丁度満開で蜂はそれに群っていた。自分は退屈すると、よく欄干から蜂の出入を眺めていた。

或朝の事、自分は一匹の蜂が玄関の屋根で死んで居るのを見つけた。足を腹の下にぴったりとつけ、触角はだらしなく顔へたれ下っていた。他の蜂は一向に冷淡だった。巣の出入り《ではい》に忙しくその傍《わき》を這いまわるが全く拘泥する様子はなかった。忙しく立働いている蜂は如何にも生きている物という感じを与えた。その傍に一疋、朝も昼も夕も、見る度に一つ所に全く動かずに俯向《うつむ》きに転がっているのを見ると、それが又如何にも死んだものという感じを与えるのだ。それは三日程その儘になっていた。それは見ていて、如何にも静かな感じを与えた。淋しかった。他の蜂が皆巣《みんなす》に入って仕舞った日暮、冷たい瓦の上に一つ残った死骸を見る事は淋しかった。然し、それは如何にも静かだった。

夜の間にひどい雨が降った。朝は晴れ、木の葉も地面も屋根も綺麗に洗われていた。蜂の死骸はもう其処になかった。今も巣の蜂共は元気に働いているが、死んだ蜂は雨《あま》樋《どい》を伝って地面へ流し出された事であろう。足は縮めた儘、触角は顔へこびりついたまま、多分泥にまみれて何処かで凝《じっ》然としている事だろう。外界にそれを動かす次の変化が起るまでは死骸は凝然と其処にしているだろう。それとも蟻に曳かれて行くか。それにしろ、それは如何にも静かであった。忙《せわ》しく忙しく働いてばかりいた蜂が全く動く事がなくなったのだから静かである。自分はその静かさに親しみを感じた。自分は「范《はん》の犯罪」という短篇小説をその少し前に書いた。范という支那人が過去の出来事だった結婚前の妻と自分の友達だった男との関係に対する嫉妬から、そして自身の生理的圧迫もそれを助長し、その妻を殺す事を書いた。それは范の気持を主《しゅ》にして書いたが、然し今は范の妻の気持を主にし、仕舞に殺されて墓の下にいる、その静かさを自分は書きたいと思った。

「殺されたる范の妻」を書こうと思った。それはとうとう書かなかったが、自分にはそんな要求が起っていた。其前からかかっている長篇の主人公の考えとは、それは大変異《ちが》って了った気持だったので弱った。

蜂の死骸が流され、自分の眼界から消えて間もない時だった。ある午前、自分は円《まる》山川《やまがわ》、それからそれの流れ出る日本海などの見える東山公園へ行くつもりで宿を出た。「一ノ湯」の前から小川はゆるやかに往来の真中を流れ、円山川へ入る。或所迄来ると橋だの岸だのに人が立って何か川の中の物を見ながら騒いでいた。それは大きな鼠を川へなげ込んだのを見ているのだ。鼠は一生懸命に泳いで逃げようとする。鼠には首の所に七寸許《ばか》りの魚串《さかなぐし》が刺し貫《とお》してあった。頭の上に三寸程、咽喉の下に三寸程それが出ている。鼠は石垣へ這上ろうとする。子供が二三人、四十位の車夫が一人、それへ石を投げる。却々《なかなか》当らない。カチッカチッと石垣へ当って跳ね返った。見物人は大声で笑った。鼠は石垣の間に漸く前足をかけた。然し這入ろうとすると魚串が直ぐにつかえた。そして又水へ落ちる。鼠はどうかして助かろうとしている。顔の表情は人間にはわからなかったが動作の表情に、それが一生懸命である事がよくわかった。鼠は何処かへ逃げ込む事が出来れば助かると思っているように、長い串を刺された儘、又川の真中へ泳ぎ出た。子供や車夫は益々面白がって石を投げた。傍《わき》の洗場の前で餌を漁っていた二三羽の家鴨《あひる》が石が飛んで来るので吃驚《びっくり》し、首を延ばしてきょろきょろとした。スポッ、スポッと石が水へ投げ込まれた。家鴨は頓狂《とんきょう》な顔をして首を延ばした儘、鳴きながら、忙しく足を動かして上流の方へ泳いで行った。自分は鼠の最後を見る気がしなかった。鼠が殺されまいと、死ぬに極《きま》った運命を担いながら、全力を尽くして逃げ廻っている様子が妙に頭についた。自分は淋しい嫌な気持になった。あれが本統なのだと思った。自分が希《ねが》っている静かさの前に、ああいう苦しみのある事は恐しい事だ。死後の静寂に親しみを持つにしろ、死に到達するまでのああいう動騒《どうそう》は恐ろしいと思った。自殺を知らない動物はいよいよ死に切るまではあの努力を続けなければならない。今自分にあの鼠のような事が起ったら自分はどうするだろう。自分は矢張り鼠と同じような努力をしはしまいか、自分は自分の怪我の場合、それに近い自分になった事を思わないではいられなかった。自分は出来るだけの事をしようとした。自分は自身で病院をきめた。それへ行く方法を指定した。若《も》し医者が留守で、行って直ぐに手術の用意が出来ないと困ると思って電話を先にかけて貰う事などを頼んだ。半分意識を失った状態で、一番大切な事だけによく頭の働いた事は自分でも後から不思議に思った位である。しかも此傷が致命的なものかどうかは自分の問題だった。然し、致命的なものかどうかを問題としながら、殆ど死の恐怖に襲われなかったのも自分では不思議であった。「フェータルなものか、どうか？　医者は何といっていた？」こう側にいた友に訊いた。「フェータルな傷じゃないそうだ」こういわれた。こういわれると自分は然し急に元気づいた。亢奮から自分は非常に快活になった。フェータルなものだと若し聞いたら自分はどうだったろう。その自分は一寸想像出来ない。自分は弱ったろう。然し普段考えている程、死の恐怖に自分は襲われなかったろうという気がする。そしてそういわれても尚、自分は助かろうと思い、何かしら、努力をしたろうという気がする。それは鼠の場合と、そう変らないものだったに相違ない。で、又それが今来たらどうかと思って見て、猶且《なおか》つ、余り変らない自分であろうと思うと「あるがまま」で、気分で希う所が、そう実際に直ぐは影響はしないものに相違ない、しかも両方が本統で、影響した場合は、それでよく、しない場合でも、それでいいのだと思った。それは仕方の無い事だ。

そんな事があって、又暫くして、或夕方、町から流れに沿うて一人段々上へ歩いていった。山陰線の隧道《トンネル》の前で線路を越すと道幅が狭くなって路も急になる、流れも同様に急になって、人家も全く見えなくなった。もう帰ろうと思いながら、あの見える所までという風に、角を一つ一つ先へ先へと歩いて行った。物が総て青白く、空気の肌ざわりも冷々として、物静かさが反って何となく自分をソワソワとさせた。大きな桑の木が路傍《みちばた》にある。向うの、路へ差し出した桑の枝で、或一つの葉だけがヒラヒラヒラヒラ同じリズムで動いている。風もなく流れの外は総て静寂の中にその葉だけが一ついつまでもヒラヒラヒラヒラと忙《せわ》しく動くのが見えた。自分は不思議に思った。多少怖い気もした、然し好奇心もあった。自分は下へいってそれを暫く見上げていた。すると風が吹いて来た。そうしたらその動く葉は動かなくなった。原因が分った。何かでこういう場合を自分はもっと知っていたと思った。

段々と薄暗くなって来た。いつまで往っても、先の角はあった。もうここらで引きかえそうと思った。自分は何気なく傍《わき》の流れを見た。向う側の斜めに水から出ている半畳敷程の石に黒い小さなものがいた。蠑螈《いもり》だ。未だ濡れていて、それはいい色をしていた。頭を下に傾斜から流れへ臨んで、凝然《じっ》としていた。体から滴《したた》れた水が黒く乾いた石へ一寸程流れている。自分はそれを何気なく、踞《しゃが》んで見ていた。自分は前程蠑螈は嫌いでなくなった。蜥蜴《とかげ》は多少好きだ。屋守は虫の中でも最も嫌いだ。蠑螈は好きでも嫌いでもない。十年程前によく蘆の湖で蠑螈が宿屋の流し水の出る所に集っているのを見て、自分が蠑螈だったら堪らないという気をよく起した。蠑螈に若し生れ変ったら自分はどうするだろう、そんな事を考えた。其頃蠑螈を見るとそれが想い浮ぶので、蠑螈を見る事を嫌った。然しもうそんな事を考えなくなっていた。自分は蠑螈を驚かして水へ入れようと思った。不器用にからだを振りながら歩く形が想われた。自分は踞《しゃが》んだまま、傍《わき》の小鞠程の石を取り上げ、それを投げてやった。自分は別に蠑螈を狙わなかった。狙っても迚《とて》も当らない程、狙って投げる事の下手な自分はそれが当る事など全く考えなかった。石はコツといってから流れに落ちた。石の音と同時に蠑螈は四寸程横へ跳《と》んだように見えた。蠑螈は尻尾を反らし、高く上げた。自分はどうしたのかしら、と思って見ていた。最初石が当ったとは思わなかった。蠑螈の反らした尾が自然に静かに下りて来た。すると肘を張ったようにして傾斜に堪えて、前へついていた両の前足の指が内へまくれ込むと、蠑螈は力なく前へのめって了った。尾は全く石へついた。もう動かない。蠑螈は死んで了った。自分は飛んだ事をしたと思った。虫を殺す事をよくする自分であるが、其気が全くないのに殺して了ったのは自分に妙な嫌な気をさした。素より自分の仕た事ではあったが如何にも偶然だった。蠑蠑螈にとっては全く不意な死であった。自分は暫く其処に踞《しゃが》んでいた。蠑螈と自分だけになったような心持がして蠑螈の身に自分がなって其心持を感じた。可哀想に想うと同時に、生き物の淋しさを一緒に感じた。自分は偶然に死ななかった。蠑螈は偶然に死んだ。自分は淋しい気持になって、漸く足元の見える路を温泉宿の方に帰って来た。遠く町端れの灯《ひ》が見え出した。死んだ蜂はどうなったか。其後《そのご》の雨でもう土の下に入って了ったろう。あの鼠はどうしたろう。海へ流されて、今頃は其水ぶくれのした体を塵芥《ごみ》と一緒に海岸へでも打ちあげられている事だろう。そして死ななかった自分は今こうして歩いている。そう思った。自分はそれに対し、感謝しなければ済まぬような気もした。然し実際喜びの感じは湧き上っては来なかった。生きて居る事と死んで了っている事と、それは両極ではなかった。それ程に差はないような気がした。もうかなり暗かった。視覚は遠い灯《ひ》を感ずるだけだった。足の踏む感覚も視覚を離れて、如何にも不確だった。只頭だけが勝手に働く。それが一層そういう気分に自分を誘《さそ》って行った。

三週間いて、自分は此処を去った。それから、もう三年以上になる。自分は脊椎カリエスになるだけは助かった。

濠端《ほりばた》の住まい

一ト夏、山陰松江に暮した事がある。町はずれの濠《ほり》に望んださやかな家で、独り住いには申し分なかった。庭から石段で直ぐ濠になって居る。対岸は城の裏の森で、大きな木が幹を傾け、水の上に低く枝を延ばして居る。水は浅く、真菰《まこも》が生え、寂《さ》びた工合、濠と云うより古い池の趣があった。鳰鳥《におどり》が終始、真菰の間を啼きながら往き来した。

私は此処で出来るだけ簡素な暮しをした。人と人と人との交渉で疲れ切った都会の生活から来ると、大変心が安まった。虫と鳥と魚と水と草と空と、それから最後に人間との交渉ある暮しだった。

夜晩《おそ》く帰って来る。入口の電燈に家守《やもり》が幾疋もたかって居る。此通りでは私の家《うち》だけが軒燈をつけている。で、近所の家守が皆集って来る。私はいつも首筋に不安を集め、急いでその下を潜る。これは余りありがたくない方の交渉だが、その他《ほか》、私が若しも電燈をつけ忘れてでも居れば、色々な虫が座敷の中に集っていた。蛾や甲虫や火取り虫が電燈の周《まわ》りに渦巻いて居る。それを覗《ねら》う殿様蛙が幾疋となく畳の上に蹲踞《うずくま》って居る。それらは私の跫音《あしおと》に驚いて、濠の方へ逃げて行くが、柱にとまった木《こ》の葉《は》蛙は出来るだけ体を捩《ね》じ屈《ま》げ、金色の眼をクリクリ動かしながら私と云う不意な闖入《ちんにゅう》者《しゃ》を睨みつけて居る。実際私は虫の棲家を驚かした闖入者に違いなかった。

私は一ト通り虫を追い出し、此座敷を自身のものに取り返す。そして、書きものを始める。明け方、疲れ切って床へ入る。濠では静かな夜明けを我もの顔に鯉《こい》や鮒《ふな》が騒いで居る。丁度産卵期で、岸でそれらは盛に跳ね騒いだ。私はその水音を聴きながら眠りに落ちて行く。

十時。私はもう暑くて寝て居られない。起きると庭つづきの隣のかみさんが私の為に火種を持って来る。七厘《しちりん》はいつも庭先の酸桃《すもも》の木の下に出しっぱなしにしてある。かみさんは勝手に台所から炭を持って来て、それで火をおこし、薬缶をかけて帰って行く。私は床をあげ、井戸端で顔を洗い、身体を拭いてから、食事の支度にかかる。

パンとバタと――バタは此県の種畜牧場で出来上る上等なのがあった。――紅茶と生の胡瓜《きゅうり》と、時にラディシの酸漬けが出来ている。

前に私は尾の道に独り住いをして、其時は初めて自家《うち》を離れた淋しさから、なるべく居心地よく暮す為に、日常道具を十二分に調べた。然し実際はそれらを少しも使わなかった経験から、今度は出来るだけ簡素にと心掛けた。

食器はパンと紅茶に要るもの以外何もなかった。若し客でもあると、瀬戸ひきの金《かな》盥《だらい》で牛肉のすき焼をした。別にきたないと感じなかった。却ってそれを再び洗面器として使う時の方がきたなかった。一つバケツで着物を洗い、食器を洗った。馬鈴薯《じゃがいも》を茹でる時には台所のあげ板を蓋にした。

私が寝て居る間に釣好きの家主がよく鮒や鯉を釣って行った。私の為に七八寸の大きな鮒を鰓《えら》から糸を貫《とお》し犬でも繋ぐようにして濠へ放して置いて呉れる事がある。私はそれを刻んで隣の鶏にやる。

隣家《となり》は若い大工の夫婦で、然し本業は暇らしく、副業の養鶏の方を熱心にやって居た。庭に境がなく、鶏は始終私の方にも来て居た。鶏の生活を丁寧に見て居ると却々《なかなか》興味があった。母鶏《おやどり》の如何にも母親らしい様子、雛鶏《ひなどり》の子供らしい無邪気の様子、雄《おん》鶏《どり》の家長らしい、威厳を持った態度、それらが、何《いず》れもそれらしく、しっくりとその所に嵌《はま》って、一つの生活を形作って居るのが、見て居て愉快だった。

城の森から飛びたつ鳶《とび》の低く上を舞うような時に、雌鶏、雛どり等《など》の驚きあわてて、木のかげ、草の中に隠れる時に、独り傲然とそれに対抗し、亢奮しながら其辺を大股に歩き廻って居るのは雄鶏だった。

小さい雛達が母鶏のする通りに足で地を搔き、一ト足下って餌を拾う様子とか、母鶏が砂を浴び出すと、揃ってその周りで砂を浴び出す様子など面白かった。殊に色の冴えた小さい鳥冠《とさか》と鮮かな黄色い足とを持った百日雛の臆病で、あわて者で、敏捷で如何にも生き生きしているのを見るのは興味があった。それは人間の元気な小娘を見るのと少しもかわりがなかった。美しいより寧ろ艶っぽく感じられた。

縁に胡坐《あぐら》をかき、食事をしていると、きまって、熊坂長範《くまさかちょうはん》という黒い憎々しい雄鶏が五六羽の雌鶏を引き連れ、前をうろついた。熊坂は首を延ばし、ある予期を持って片方の眼で私の方を見ている。私がパンの片《きれ》を投げてやると、熊坂は少し狼狽《あわて》ながら、切《しき》りに雌鶏を呼んで、それを食わせる。そしてあいまに自身もその一片を呑み込んで、けろりとしていた。

或風雨の烈しい日だった。私は戸をたてきった薄暗い家の中で退屈し切って居た。蒸々として気分も悪くなる。午後到頭思いきって、ゴムマントに靴を穿き、的《あて》もなく吹き降りの戸外《そと》へ出て行った。帰り同じ道を歩くのは厭だったから、私は汽車みちに添うて、次の湯町《ゆまち》と云う駅まで顔を雨に打たし、我武者羅《がむしゃら》に歩いた。雨は骨まで透り、マントの間から湯気がたった。そして私の停滞した気分は血の循環と共にすっかり直った。

途々《みちみち》見た貯水池の野生の睡蓮が非常に美しかった。森にかこまれた濡灰色の水面に雨に烟《けぶ》って、ぼんやりと白い花がぽつぽつ浮んでいる。吹き降りに見る花としては此上ないものに思われた。

湯町から六七町入った山の峡《はざま》に玉造《たまつくり》と云う温泉があるが、その時は丁度、帰るにいい汽車が来たので、私はそのまま引きかえした。

松江の殿町《とのまち》という町の路地の奥に母子《おやこ》二人ぎりでやっている素人下宿がある。私はいつも其家《うち》で夜の食事をしていた。帰途《かえり》、其家へ寄る。

日が暮れると雨は小降りになった。

暫くして浴衣と傘と足駄とを借り、私がその家《いえ》を出た頃には風だけでもう雨は止んでいた。昼の蒸々した気候から急に涼しい気持のいい夜になって居た。物産陳列場の白いペンキ塗りの旧式な洋館の上に青白い半かけの月がぼんやり出ていた。切れぎれな淡い雲が一方へ一方へ気忙しく飛ばされて行く。

いい位の疲労と満腹とで私は珍しくゆったりした気分になっていた。これから仕事で夜を明かすには惜しい気分だった。気楽な本でも読みながら安楽に眠りたい気分だ。私は帰ると、床をのべ、横になった。誂《あつら》え向《む》きの読物もなく、読みかけの翻訳小説に眼をさらし、直ぐ眠るつもりだったが、扨《さて》、毎夜の癖で眠ろうと思うと却って眼が冴え、却々《なかなか》ねつかれなかった。

私はその小説を何《ど》の位読んだろう。その時不意に隣の鶏小屋で気魂《けたたま》しい鶏の啼声と共に何か箱の中で暴れる音と、そして大工夫婦が何か怒鳴りながら出て来るのを聴いた。私は枕から首を浮かし、耳を澄ました。鼠か猫がかかったに違いないと思った。物音は直ぐやみ、雌鶏のコッコッコッと啼く声だけがしていた。夫婦は其処で立話をして居たが、それも少時《しばらく》して家へ入り、あとは又元の静かさに返った。まあ鶏も無事だったのだろう。そう思い、間もなく私も眠りに就いた。

翌日は風も止み、晴れたいい日になっていた。毎日の事で私が雨戸を繰ると隣のか

みさんは直ぐ火種を持って来た。そして私の顔を見るなり、

「夜前到頭《やぜんとうとう》猫に一羽とられました」と云った。

「……」

「母鶏《おやどり》ですよ。――なにネ、吾身だけなら逃げられたのだが、雛を庇《かば》って殺されたんですよ」

「可哀想に……」

「あすこに居る、あの仲間の親ですよ」

「猫はどうしました」

「逃しました」

「残念な事をしましたね」

「そりゃあ、今夜、屹度おとしにかけて捕《と》りますよ」

「そううまく行きますか」

「屹度捕って見せます」

雛等は濠のふちの蕗の繁みの中にみんな踞《かが》んで、不安そうに、首を並べてピョピョ啼いて居た。私が近づくと雛等は此方《こっち》へ顔を向けていたが、中の一羽が起《た》つと一斉に

みんな起ち立って前のめりに出来るだけ首を延ばし、逃げて行った。

「親なしでも育ちますか」

「そりゃあ」

「他の親が世話をしないものですか」

「しませんねえ」

実際、孤児等に対し他の親鶏は決して親切ではなかった。孤児等は見境なく、自分達より、少し前に孵った雛と一緒になって、其母鶏の羽根の下にもぐり込もうとした。母鶏はその度神経質にその頭や尻をつついて追いやった。孤児等は何かに頼りたい風で、一団となり、不安そうに其辺を見廻していた。

殺された母鶏の肉は大工夫婦の其日の菜になった。そしてそのぶつぎりにされた頬の赤い首は、それだけで庭へほうり出されてあった。半開きの眼をし、軽く嘴を開いた首は恨みを呑んでいるように見えた。雛等は恐る恐るそれに集るが、それを自分達の母鶏の首と思っているようには見えなかった。ある雛は切り口の柘榴《ざくろ》のように開いた肉を啄《ついば》んだ。首は啄まれる度、砂の上で向きを変えた。私は今晩猫がうまく穽《おとし》にかかって呉れるといいがと思った。

その夜《よ》、晩《おそ》く到頭猫は望み通り穽にかかった。起きて来た大工夫婦は、亢奮した調子で何かしゃべりながら、穽に使った箱を上から、尚厳重に藁縄で縛り上げた。「こうして置けばもう大丈夫だ。あした此儘《このまま》濠へ沈めてやる」こんな事を云って居るのが聴えた。

大工夫婦は家《いえ》へ入った。私はそれからも独り書き物をしていたが、箱の中で暴れる猫の声が八釜しく、気になった。今宵一ト夜の命だと思うと可哀想でもあるが、どうも致方ないとも思われた。

猫は少し静かにしていると思うと、又急に苛立ち、ぎゃあぎゃあと変な声を出して暴れた。ガリガリと箱を掻く音がうるさい。然しそれも到底益ないと思うと、今度はみょうみょうと如何にも哀れっぽい声で嘆願し始める。猫は根気よくそういう声を続けているが、其内私も段々それに惹き込まれ、助けられるものなら助けてやりたい気持になった。

猫は散々それを続けた上で、尚その効《かい》がないと知ると絶望的な野蛮な声を振り上げて暴れ出す。それらを交互に根気よく繰り返した末に、結局何も彼《か》も念《おも》い断《き》った風に静かになって了《しま》った。

私は現在そこに息をしているものが夜明けと共に死物と変えられて了う事を想うといい気がしなかった。此静かな夜明け、覚めている者と云っては私とその猫だけだった。その一つの生命があしたは断たれる運命にあると思うと淋しい気持になる。猫だけだった。鶏をとるのは仕方がないではないか。殊に浮浪者の猫が、それを覘《ねら》うのは当りまえの事だ。さればこそ、鶏を飼う者はそれだけの設備をして飼っている。偶々《たまたま》、強雨で、箱の蓋を閉め忘れた為に襲われたと云う事は、猫が悪いよりも、忘れた者の落度と見る方が本統なのだ。特別の恩典を以って今度だけは逃してやるといいのだ。私は昼間雛等を見ていた時と大分異《ちが》った気持でそんな事を思った。

然し、事実はそれに対し、私は何事も出来なかった。指一つ加えられない事のような気がするのだ。こう云う場合私はどうすればいいかを知らない。雛も可哀想だし母鶏《おやどり》も可哀そうだ。そしてそう云う不幸を作り出した猫もこう捕《とら》えられて見ると可哀そうでならなくなる。しかも隣の夫婦にすれば、此猫を生かして置けないのは余りに当然な事なので、私の猫に対する気持が実際、事に働きかけて行くべくは、其処に些《さ》の余地もないように思われた。私は黙ってそれを観て居るより仕方ない。それを私は自分の無慈悲からとは考えなかった。若し無慈悲とすれば神の無慈悲がこう云うものであろうと思えた。神でもない人間——自由意思を持った人間が神のように無慈悲にそれを傍観していたという点で或は非難されれば非難されるのだが、私としてはその成行きが不可抗な運命のように感じられ、一指を加える気もしなかった。

翌日、私が眼覚めた時には猫は既に殺されて居た。死骸は埋められ、穽に使った箱は陽なたでもう大概乾かされてあった。

百舌

そろそろ草の萌出す頃で、柳堂《りゅうどう》は尻端折《しりはしょ》りをして一人庭の草取りをやっていた。ぽかぽかと朝の陽を背中に受けながら濡れた地面から立つ土の香りを嗅いでいると、如何にも心の落ちつくのを覚えた。昨年は今頃坐骨神経痛で甚《ひど》く悩まされた。今年はこうして草取りなどが出来る。それを想うだけでも非常な幸福に感じられた。

五六年前東京から此沼べりへ引越して以来、彼は植込以外庭の手入れを、殆ど植木屋の手を借らずにやって来た。田舎は気楽だった。散歩などでいい木を見つけると簡単な交渉でそれを手に入れる事が出来た。そして植込んだ木が一年々々他の木とおり合って行くのを見る事が彼には一つの楽しみとなっていた。

「先生、一寸いらして御覧なさい」

弟子の今西が庭口から呼んだ。彼は泥だらけの手をはたくと、腰をのばしながら其《その》方《ほう》へ歩いていった。

「百舌《もず》と蛇とが喧嘩しているんです」

「何処で」

「物置の裏でやっています」

二人は台所の前から湯殿を廻って、物置の裏へいった。熊笹の中でガサガサと音を立てながら、百舌がひとりで暴れていた。然しよく見ると、その首に女の小指程の太さで銀色をした小さな蛇が巻きついていた。蛇が頭を上げると百舌はその頭を烈しく嘴《くちばし》で突いた。蛇はもう大分弱っていた。頭は既に砕かれているが、それでも下から鎌首を擡《もた》げては百舌に食いつこうとした。

「これは地《じ》もぐりという蛇だ。小さいが却々《なかなか》気の強い奴で、ステッキなどを出すと向う奴だよ」

「両方気の強い奴だからいい勝負ですな」

「もう蛇は駄目だよ。とってやれよ。何か棒のようなもので押えてからでないと危い」

百舌は蛇と戦いながら人間の方も用心している。今西が小さい竹の棒を持って来ると、百舌は蛇を首へ下げたまま、地面とすれすれに飛んで逃げた。そして隣との境の藪へ逃げ込もうとすると、小松の下枝に蛇の体が触れ、百舌は突《つん》のめるように其処へ落ちた。

今西は直ぐ駈けて行って竹で蛇の体を押えた。百舌は口を開《あ》き、カッカッというような音をさせた。

「馬鹿」今西は一寸癪に触って、空《あ》いた方の手で百舌の頭を打ったが、百舌はすかさずその手を突いた。

「蛇より人間の方が強敵だからな」柳堂は立って見ていた。

「何かもう一つ竹を取って頂きます」

柳堂はその辺を見廻したが適当な竹がなかった。それで生えた竹の枝を折った。

「どうだ。これでいいか」

蛇は二タ巻き巻いて一つ結んでいた。竹の先で解くのは却々厄介だった。

「死にかけていて、未だしめているんです。蛇という奴は全く執念深いな」

「その蛇は植木に悪い事をする奴だから離したら完全に殺して了《しま》えよ」

「百舌はどうしましょう」

「百舌なんか飼ったって仕方がない」

「囮《おとり》になりますがな」

「生き餌だから面倒臭い、鷭《ばん》で懲りた」

蛇のからだが、解けると、百舌は非常な敏捷さで逃げて行った。

「お礼もいわず逃げて行ったね」柳堂は笑った。

柳堂は庭先に溢れている井戸の水で手を洗うと離れの画室に入った。彼は膠《にかわ》を火にかけながら壁に立てかけた描きかけの枠張りに眼をやった。それはあした或画の会の若い画家が取りに来る筈の絵だった。が、迚《とて》も今日中には描きあげられそうもなかった。

妹のお種が庭下駄を鳴らしながら、茶道具を持って来た。

「どうだ、これは……」柳堂は顎で一寸その絵を指していった。

「……」お種は茶道具を持ったまま少時《しばらく》立って、それを見ていた。

「余り面白くないか」

「そうでも、ありませんよ。然し何方《どちら》かと云えば暢気な絵ね。……でも、いい事よ。面白い所があってよ」

「今日中に描き上げられないと困るのだ」

「涌島《わくじま》さんが取りにいらっしゃるのは明日？」

「明日だ」

「潤筆料《じゅんぴつりょう》が貰えない絵だから、怠けてるなんて思われるといけませんよ」

　お種は冷かした。

「馬鹿な事をいえ。これでも此月描いたものでは、ましな方だ」

　お種は柳堂が膠鍋を下ろすのを持ち、火鉢の炭を次いで還って行った。

　キイーッキイーッという小鳥の強い啼声が先刻《さっき》から画室の裏でしていた。柳堂は便所に立ったついでに、裏の窓を開けて見た。裏は松山で、画室は此松山の一部を切り崩して建てられたもので、その切り崩した崖《がけ》の途中に実生《みしょう》の三年程経った小松が生えている。キイーッキイーッという声はその中でしていた。間もなくその枝の一つが揺れ出すと其処に雀程のいやに真円《まんまる》い小鳥が現われて来た。嘴の工合、百舌の子らしかった。小鳥はしきりにその辺を見廻しながらキイーッキイーッと強い声で啼き立てている。先刻の百舌の子に違いないと柳堂は思った。蛇は此子鳥を狙ったのかも知れない。

気が気でない不安そうな声で切《しき》りに母鳥を呼ぶ様子が如何にも可憐だった。長くなる筈の尾は未だ余り延びていず、それでも啼く度ピクリピクリ動かしていた。

柳堂は今西を呼んで梯子を持って来さし、自分でその小鳥を捕えた。静かに手をやると、小鳥は少しも恐れず、柳堂は安々それを掌中にする事が出来た。

前にカナリヤを飼った事があり、八角の大きな鳥籠があったので、それへ入れてやった。

「可愛いのね」

「何だって子供はみんな可愛いもんだよ」

「いまにお前さんもいやに威張り散らして憎々しくなるのかえ」

「そりゃあ仕方がない。その頃には逃してやるのだ」

「それまで生きてるでしょうか」

「こいつは子供だから直ぐ餌につくだろう。あんまり啼かなくなったじゃないか」

「おとなしくしてますわ、人間でも傍にある方が頼りになるのかしら」

「こりゃあ、鷸より面白いよ」

「第一、柄ですわ。お兄さんに馴れるなんて、百舌位なものよ」

柳堂は苦笑した。

「ひどい事を云いやがる」

柳堂は興味を持ったものがあると、日に何度となくその前へいって厭きるまでは時間つぶしをする悪い癖があった。それを知っているお種は、

「今日一日はお預かりして置きますからね」と云って、それを持って行こうとした。

「馬鹿、子供見たような事をいうな。仕事の合間合間に見て気を更えるんだ」

「駄目ですよ。お兄さんのはこだわり出すと、いつまでもこだわっていらっしゃるんだから。明日取りにいらして出来てないと悪い事よ」

餌《え》は大丈夫つけて見せるという事で、到頭お種はそれを何処かへ隠して了った。

百舌の子が早く見たいからというわけでもなかったが、柳堂の仕事は珍しく捗《はかど》った。そして夕方灯《あかり》のつく迄にはどうかこうかそれを仕上げて了った。

彼は甚《ひど》く上機嫌で、夜食の支度の出来た茶の間へ入って来ると、

「オイ此処へ百舌を持って来い」そんな調子にいった。

百舌の子は柳堂によく馴れた。籠は庭の榎《えのき》の枝にかけてある。此処《こっち》から小さく切った鶏の肉を持って柳堂が行くと、百舌の子は遠くからそれを見つけ、全身の毛をふくらまし、小さな羽根を震わして喜んだ。

「コラ馬鹿馬鹿」

尖らした箸の先にさした小さな肉を入れてやると、百舌の子は少しもこわがらすに直ぐ食った。

柳堂は「百舌がこんなに可愛いものだとは思わなかった」など云った。

或日柳堂は東京へ行く用があって一日家《うち》を空けた。

そして翌日彼は寝過し、床の中で眼を開くと、親百舌らしい強い啼声が戸外《そと》でしているのを聴いた。親百舌ならいいが、他の百舌が、狙いに来ているのではないかしら、と思った。そして、彼は寝間着に丹前を着て、まぶしい戸外へ出ていった。

籠はいつものように榎の枝に下げてあったが、どうした事か、柳堂が近づくと百舌の子は甚《ひど》く驚いて、籠の中でバタバタ騒いだ。

「どうしたどうした」彼はそういいながら引返して餌を取って来た。桜の木の高い枝で親百舌がけたたましく鳴いていた。

百舌の子は彼のやろうとする鶏の肉を食わなかった。そして一途に逃げようと中で暴れている。

「お種。お種」彼は大きな声でお種を呼んだ。お種は手を拭きながら出て来た。

「昨日ちゃんと餌《え》をやったか」

「ええ」

「おかしいぜ。何だか、すっかり野性に還って了ってる」

「昨日から親鳥が来て餌をつけ出したんです」

「それでだな。どうもおかしいと思った。——あすこで鳴いている、彼奴《あいつ》か」

「そうね。屹度あれでしょう」

「人間と云う恐しい動物だから油断をするなとでも教えたかな」

「本当に」お種は笑った。「いい加減に逃してやる方がいいわね」

「自分が助けられた事も忘れやがって、怪しからん奴だ」

「でも、自分の子供がこんな籠の中に入れられてるんですもの、心配なんでしょう。

昨日から終始この辺に来て鳴いているのよ。逃してやる方がようござんすよ」

「いやいや。もう少しこうして飼っててやる」

百舌の子はそれからもずっと馴れなかった。柳堂も諦めて、夜は軒下へ移すが、昼間は少し位雨の日でも、榎の枝にかけっぱなしにして、近頃は餌をやる事さえやめて了った。親鳥は絶えず餌を運んでいた。子鳥が食う以上に運ぶので、それらは段々鳥籠の底に溜った。蜥蜴《とかげ》の胴切りの両方に一本ずつ足のある奴などが、幾つも仰向けになって入っている。

「どうも、これがやり切れない」

「だから、もう逃してやればいいのよ」お種も眉を顰《ひそ》めて云った。

「仕方がない、逃してやろう」

親鳥が桜の高い枝で切《しき》りに鳴いている時だった。柳堂は籠の口を開けてやった。子鳥は如何にも覚束ない飛方で、親鳥のいる方へ飛んで行ったが、笠のような太行松《たぎょうしょう》の上まで来ると、その笠の中へ沈んで了った。桜では親鳥が夢中になって鳴き立てた。

子鳥も鳴きながら、再び飛立ったが、到底一度では親鳥の所まで行けなかった。そして無経験から、自身の重みに堪えられないような細い枝の先にとまると、その度、落ちかけて甚く狼狽した。

親鳥は子が近づくと、鳴きながら先へ行った。又来ると又先へ行きして到頭何処かへ連れて行って了った。

馬と木賊《とくさ》

「馬」という活動写真は面白かった。

母馬《おやうま》が売られた仔馬を気狂いのようになって、嘶《いなな》きながら探し廻わる場面を見、私は昔、赤城《あかぎ》の山の上で、はぐれた馬の親子が互に呼び合っているのを見た時の事を憶い出した。

赤城の上には黒檜《くろび》という山と地蔵《じぞう》という木のない円い山とが湖水を狭んで聳《そび》えているが、その地蔵嶽の裾は広い草原《くさはら》になっていて、放牧の馬や牛が沢山遊んでいる。

或時、私は其処を散歩していて、一頭の馬が首を高くあげ、角張《かくば》った鼻づらを震わしながら、しきりに嘶いているのを見た。はぐれた仔馬を呼んでいるのだ。仔馬は地蔵嶽の中腹でこれも亦、嘶いて母馬を探している。互に声を聴きながら、姿を見出せずにいたが、漸く分ると、山の中腹から五六丁のところを仔馬は、夢中に馳け下りて来た。母馬と仔馬は一寸鼻づらを擦《す》りつけ、嗅覚で一度確め、それから両方躍るように一つところで、恰度《ちょうど》、ゴム鞠を弾ますように暫く跳《と》んでいた。

私はこれが馬の喜んだ時の表情かと興味を持って眺めていたが、そのうち両方、急にそれを止《や》めると、もう何事もなかったように、首を垂れ、草を食い始めた。その変り方が又面白かった。一方ならぬ喜び方をしたあと、急に常の様《さま》に還える、この鮮かな変り方は人間の場合では却々《なかなか》こうは行くまいと思った。

その後、何年かして、我孫子《あびこ》に住んでいた頃、人に誘われ、厩橋《うまやばし》の梅若《うめわか》の能を見に行った時、六郎の「木賊刈《とくさかり》」で、私は不意にこの事を憶い出した。少年の頃、人さらいに連れて行かれた子供に、思いがけなく再会した老翁が、その喜びを現わすのに不思議な表現をした。

シテ「よくよく見ればさすがげに」地謡「親なりけり」シテ「子なりけるぞや」

此時翁は、足を揃え、すっくと立ち、黙って両手をひろげ、袖と共に鳥の羽搏《はばた》きのように、幾度となく、それを上下さしていたが、止めると、足早に子に近づき、倚添《よりそ》って、右手を挙げ、自分の顔と子の頭とを袖で被うようにして凝然《じっ》とする。

地謡「怨めしやなどされば、とくにも名のり給はぬぞと。逢う時だにも怨ある。こは夢か、夢にても逢うこそ嬉しかりけれ」云々。

見ていて、自然に涙を催した。羽搏きのように袖を振るのは老翁の胸のうち、感情の波立つ様《さま》を現わしたものであろう。人間の実生活にはこの様な表情はないが、黙ってする此仕草は非常に効果的だった。老翁の感情がその儘に映って来た。馬の親子が出合った喜びに暫く跳んでいたのによく似ていた。

私が「木賊刈」を見たのは今から凡そ二十年前、馬のそれを見たのは二十七年前、そして最近活動写真の「馬」を見て、前の旧い二つの場合を憶い出した。

虫と鳥

長い田舎生活の習慣から、二年前の市内生活は私には苦しかった。今度世田谷新町《せたがやしんまち》の静かな所に引移って漸《ようや》く少し落ちついた。木や草もそうであるが、虫や小鳥の多い事が大変私を楽しませる。形のいい、赤味のある蟇蛙《ひきがえる》が沢山いる。蟷螂《かまきり》の孵《かえ》りたての幼虫が、夜、客と話している膝の上で未だ羽根のない小さなからだを反《そ》らして、飛廻わる蚊を狙っている。カナ蛇が少しも恐れず、人の手からよく蠅を食ったと子供が云っていた。栗の木の青い大きな毛虫からテグスを取る実験を釣好きの親類が来た時、子供達にやらせて見せた。草鞋虫《わらじむし》の大きいような奴で、捉えると直ぐ玉になる、それが色も大さも龍のひげに実によく似ている、そういう虫がいて、自家《うち》の男の児の説では錦魚が好きだというので錦魚を買って来て入れて見たが食わなかった。

椿にいる小さな毛虫にまけて、幾日か硫黄湯をたてて入ったなどはありがたくない方だが、夜晩《おそ》く一人、茶の間の食卓で本を読んでいると、手の甲にひやりと墨汁のような糞を落した虫がある。電燈からひいた電気時計のコードに仰向けにとまっていた金ぶんぶんがしたのだ。私は「こん畜生、」思わず独語して、立ってそれを捉えたが、「こん畜生」が自分でも可笑《おか》しく、それに糞をした事がいやに生きものだという気を私にさしたので、いつもは殺して了《しま》う虫だが、助けてやった。縁の下に蟻地獄《ありじごく》が沢山いる。時々水を撒いて困らしてやるが、乾くと又大小様々の擂鉢を作る。かげろうの幼虫だそうだが、蟻地獄の成虫のかげろうはどのかげろうか私は知らない。

珍らしく大きい赤蛙がいたのでボール箱に入れて、小さい女の児に渡してやったが、いつの間にか逃げて了った。白い斑点のある髪きり虫が無花果《いちじく》の新芽を嚙むには閉口だ。此間から三疋殺した。あやまるようにギイコギイコ頭を下げている奴を下駄で踏みつけて殺して了う。髪きりは愛嬌があり、嫌いではないが無花果を荒らし、鉄砲虫を生みつけるので殺す事にしている。植木の幹や枝や葉につく貝殻虫の少ない事はありがたい。あれのいっぱいに附いた梅の木などを見ると憂鬱になる。

鳥で、関西から来て珍らしいのは尾長だが、一ト月程前までは群をなして来ていたが、近頃急に数が少なくなった。支那わたりの小綬雞《こじゅけい》という鳥は夕方よく啼声だけは聞くが未だ姿は見ない。今は此庭で孵ったらしい百舌の雛が三羽、しじゅうその辺で喧《やかま》しく啼きたて、時々芝生へ下りて一寸程の裸虫を捕り、百日紅《さるすべり》の枝へ還ってそれを呑込む。百舌がいると小鳥が来ないと武者小路《むしゃのこうじ》が云っていた。そういえば百舌がいないと時々他の小鳥が姿を見せる。奈良の家で今頃よくきいた、「一筆啓上」の頬白の啼き声などは隣りの空地で二三日前にきいただけで、自家ではまだ一度も聞かない。子供の空気銃で百舌を追払ってやろうかとも一寸考えたが、髪きり虫が害虫というように害鳥ではないから止める事にした。そのうち退散するだろう。

兎

今、兎を一疋飼っている。樫や竹の葉を食わしている。これからは雑草が生えるので楽になる。

兎は前に山科《やましな》で一度、奈良で一度飼った事があるが、飼って面白い動物とは思わなかった。山科の時は放飼いにしたら、座敷の床下に住んでいた。庭に大きな池があり、そのまわりの芝生の上で、白い奴が四五疋遊んでいるのを家《うち》の中から見ているのは一寸面白かった。然し春になり、近所の畑に色々なものが出来だすと、兎共は生垣を潜って、それらを荒し始め、とうとう農家から文句が出て、みんな他所《よそ》へやって了《しま》った。放飼いにして置くと、野性を取りもどすのか、捕《つかま》えるのに骨が折れた。

奈良では台所の前に青桐《あおぎり》を五六本植えた所があり、二方土塀だったので、他の二方に鉄網《かなあみ》を張って、其処に飼った。穴を作り、その中に仔を生んだらしく掘って見ると、よれ曲った四五尺の深い穴の底に四五疋小さな兎がかたまっていた。藁だけでなく、母兎《おやうさぎ》は自身の胸の毛をむしり取って、それを一緒に敷いていた。母兎の胸は紅く肌が見えていた。殖えるばかりで、食用にする気がなかったから、みんな春日《かすが》の杜に放して了った。その後、見かけた者もなかったから、人か犬に捕られて了ったのだろう。

今、飼っているのは此処（世田谷新町）の町会事務所で生れたのを譲りうけた。去年の暮れ、貴美子《きみこ》という末の娘が、

「兎、飼っていい？」と云う。

「大きくなったら食うよ。それを承知なら飼ってもいい」

「それでもいい。……飼って了えばお父様屹度お殺せになれない。だから、それでもいい」最初から高をくくっている。

「いや、殺して食って了う。屹度食う」

「ええ、かまわない」と貴美子は微笑していた。

早速、入れる函《はこ》を作った。それから食堂の前に角材を一本打込み、一尺五寸四方の盆のようなものを作り、それを杭に平《たいら》にうちつけた。生れて数日位か、兎に角、小さ

な兎を貴美子が抱いて来た。

昼間はその盆のような台に乗せ、夜だけ箱に入れて玄関の三和土《たたき》へ置いた。兎はよく食い、黒豆のような小さな糞を沢山する。糞は毎朝集めて、牡丹の根に埋めた。そして兎は段々大きくなった。

台の隅に小さな函を置いてやると、飛行機の音にも尾長の啼声にも一々驚いて、その函の中に逃げ込んだ。鼻の先を終始ピクピク動かしているが、結局、耳が頼りらしく、遠くで犬の鳴声などすると直ぐ耳を立て、鼻のピクピクを止め、凝《じ》っとして了う。時に後足《あとあし》だけで立ち、耳を前に、背後《うしろ》に向けている事がある。日向に寝そべっていて、無精たらしく片耳だけ立てたりする事もある。

兎に角、臆病な動物で、ある朝二階の出窓に蒲団を乾す為め、ぱっと垂らすと、吃驚《びっくり》して高い台から跳下り、庭の隅の植込みの中に隠れて了った。そうかと思うと、猫が台に跳上ろうとし、台の端に前足の爪をかけダランと下がっているのを例の鼻をピクピクさせながら、恐る恐る上から覗込んでいた事もある。

貴美子が一人食堂にいる時、キイキイ変な鳴声がするので飛んで出たら、犬が兎を追い廻していた。犬は貴美子を見て直ぐ逃げたが、兎も貴美子を恐れ、逃げまわって却々《なかなか》捕《とら》えられなかったそうだ。その時、眉間に傷をつけられ、血を出していた。未だにその跡が残っている。

鳴かない動物だと思っていたが、矢張り声を出す。喜んだ時、低い声でグウ、グウと鳴くのを其後気がついた。傍へ行くと寄って来て、下腹を凹《へこ》ますようにして、グウ、グウと鳴く。此方《こっち》でもグウ、グウと真似してやると、又グウ、グウと云う。思ったより馴れる動物だと思った。此間中、夜更かしをしていて、便所へ行く時――便所は玄関の傍にあるので、――兎は最初、驚いて式台の下に隠れるが、便所から出て来ると、戸の外に待っていて、足のまわりをくるくる廻って喜ぶ。廊下をついて来ようとするので、足で追い、境の板戸を閉めて来なければならなかった。

大きくなったので、今までの盆のような台をやめ、別に支えの杭を打込み、三尺四方の戸板の台にかえてやった。朝函から出してやると、その狭い所で、馳けたり、跳ねたり、滑ったり、後足の一つを台から踏みはずしたりして、はしゃいだ。傍へ行くと、寄って来て、驚かしもしないのに、犬がするように不意に逃げたりする。追馳っこの遊びでもしたい風だ。台の上を掃除する時、寄って来るのを除《の》けようとすると、わざと其所にしゃがみ込み、動くまいとするところなども犬と似ている。撫でられる事も好きだ。殊に首の辺を揉むようにしてやると台に咽喉《のど》をつけ、眼をつぶって凝《じ》っとしている。今まで三度飼った中で、今度の奴が一番面白い。餌の関係で今は生物が飼えない。久しぶりなので、此方《こっち》も余計興味を覚えるのかも知れない。

兎が台の上にいるのを食堂から、硝子越しに眺めているのは近頃の楽みの一つだ。つまり兎のする色々な姿態の殆ど総てが日本の古い絵に描かれている事に気付いた。つまり絵の方でそれを先に知っていたのだ。宗達《そうたつ》をよく想い出す。巧みに単純化し、しかも、それが生々と表現されている。兎を見ていて、栖鳳《せいほう》の写実の兎は不思議に想い浮べなかった。只、写実では本当の姿は摑めないのだろう。生きている兎が栖鳳のよりも宗達の兎に遥かに近いというのは面白い事だと思った。

子供に計らしたら、兎は六百四十匁になっている。背中の肉も触って見ると大分厚味が出来た。――これは別の話だが、近所に住んでいるW君が此間、兎の殺し方を教えてくれた。生きた兎を貰い、食う為め、殺さねばならず、兎の首に紐を巻き、戸外《そと》の釘にかけて、見ないようにして来て了う。暫くして行ったら死んでいた。血を見ず、知らぬ間に死んでいたと云うのだ。

然し自家《うち》の兎はもう殺せない。実は貴美子と共に最初からそれは分っていた。

玄人素人

義弟がアメリカから持ち帰った十六ミリ映画にマングースとコブラの戦いを撮ったものがある。戦いというよりもマングースのコブラ狩と云った方がいいようなものだ。面白いフィルムで、私は二度見て、よく覚えているが、マングースを見て、コブラが急に鎌首をあげる。一間程のコブラで、例の杓子のような頭を一尺五寸程——マングースとの比較でそう思うのだが、——の高さにあげ、尾の先を細かく震わして、口を少し開け、対手を見下ろしている。これに対し、マングースの方も鬚《ひげ》の生えた小さな口を開け、それを蛇へ近づけ、挑むような様子をして見せる。少時《しばらく》、睨み合っていたが、蛇は恰度《ちょうど》、人間が球を投げる時の腕のような動作で、マングースに襲いかかった。マングースは蛇のその動作に合わせ、軽く身を退《ひ》いた。蛇の首は空しく地面へ倒れた。

蛇は再び、それを鎌首に還えす。マングースは又、口を開け、それに挑む様子をする。蛇が又それにかかる。マングースも軽く身を退いた。それも決して必要以上には退かず、丁度蛇の頭の届かぬ程度に退き、蛇が首をあげるのを待って、隙《す》かさず、又近づいて行く。何遍か、これを繰返すうちに蛇は段々に疲れ、動作が鈍くなって来た。マングースはそれを待っていたのだ。そして仕舞いに、見ていて、「今度はやるぞ」と分る位、呼吸を計り、不意にコブラの頭に嚙みついた。頭を嚙みつかれたコブラは非常な速さでマングースの身体に巻きついた。蛇は口の上から嚙みつかれているのだ。マングースは蛇がすっかり身体を巻いたところで、そのまま——頭を銜《くわ》えたまま、自分で前へでんぐりがえしをうった。幾重《いくえ》にも巻かれていたマングースの身体は綺麗に、それから脱けた。蛇は起き上ったマングースの身体を再び巻いた。マングースはすっかり巻かれるのを待って、又でんぐりがえしをうって、それを解いて了《しま》う。写真には二度それが映っていたが、その次にはもう死んだコブラの頭を銜え、曳《ひき》ずって行くところが映って、終りになっていた。如何にもマングースは蛇狩りの玄人で、蛇の習性をよく知っていて、少しも無駄をせず、かけるだけの手間をかけて、仕舞いに殺して了ふ。「今度はやるぞ」とはっきり分る位、気合をかけて喰いつくところなど、武道の試合を見るようで、面白かった。兎に角、マングースは蛇捕りにかけては練達の専門家だと思った。

今度は素人の方の話。

四年程前の夏だった。私は便所の手洗いの窓から何気なく外を見た時、前の太い椎の、地上四尺程の股になっている所に、太い青大将の胴が静かに動いているのに気がついた。私はステッキを持って玄関から出ると、その頃、飼っていたクマを呼んだ。雑種のつまらぬ犬だが、性質がよく、私は此犬を可愛がっていた。私が建仁寺垣《けんにんじがき》を廻って、蛇のところへ行くと、クマも何の用かという顔で、尻尾を振りながら、ついて来た。ステッキで蛇を落とすと、クマは吃驚《びっくり》し、急に興奮し、唸ったり、吠えたり、それへ襲いかかった。蛇は逃げようとしたが、其所は左は便所、前は玄関の側面、右は建仁寺垣という、三方ふさがりの場所で、開いている一方から私とクマが来たのだから、蛇は逃げ場がなくなって了った。蛇でも、逃げられないとなると、度胸を据えるのか、鎌首を立て、コブラの場合のように尻尾の先を細かく震わし、向う態勢をとった。

蛇は直ぐ前にいるのだから、眼で見ればいいものを、クマは矢張り鼻だけを頼り、鎌首を上げている前に顔を出すから、不意に蛇から襲われる。此場合も、コブラと同じような動作で喰いつきに来るが、クマは驚いて、後《うしろ》へとび退《の》く拍子に腰を抜かしたような恰好になり、その為め、尚、狼狽《あわ》てて了う。主人がついているから勇気は凜々たるものだが、無益に興奮し、大騒ぎをするばかりで、大事な所で醜態を演ずる。兎に角、マングースとは蛇捕りに関する限り、役者が段違いだった。クマにはマングースのように、はっきりした計画がなかった。

一番下の娘が見に来た。私は娘に芋掘りを取って来させ、それで、蛇を殺して了おうと思った。蛇はクマの方にばかり気を取られ、私が傍《そば》へ行っても、全く注意を移さなかった。私は首から一尺程のところへ芋掘りを突き下ろした。蛇の身体は二つに断《き》れると思ったが、地面が柔かく、断れなかった。クマは私が芋掘りを突き下ろすと殆んど同時に蛇の胴を銜え、目茶苦茶にそれを振り廻わした。これは遠心力を利用して、蛇に嚙みつかれない為めの動作で、それはいいが、乱暴に首を振るので涎がとび散り、それが私の着物にもかかった。蛇を銜えるのが気持が悪いか、尚、涎が出るらしかった。

蛇は私の一撃で死んでいた。クマが口から離した時には蛇は地面で下半身だけを僅かに動かしていた。クマは蛇を退治た事が得意らしく、ふさふさした尾を高く上げ、意気揚々と其辺を歩き廻わり、長い舌を出したまま、時々、私の顔を見上げた。

私はその日、渋谷まで行く用があり、少し遅くなったので、芋掘りを娘に渡し、急いで、出かけた。そして、二時間ばかりして帰って来て、蛇がどうなったかを見る為めに、裏口から直ぐ、その方へ行くと、納戸の前の椎の木の下に蛇の死骸は捨ててあった。死骸には白い芥子粒程のものが一杯に附いていた。蠅が抜目なく、蛆を生みつけたのだ。私は鍬を持って来て、蛇の死骸を掬い、先年、志賀高原で採って来た白樺の苗の根に埋めて了った。

その後、中村白葉《はくよう》君が、桜新町の停留場の近くで、猫と山かがしが喧嘩しているのを見て来たと、その話をしてくれた事がある。それによると、猫は犬よりも大分玄人らしかった。鎌首をあげて、襲いかかる時、猫は退かずに、後足で立ち、前足で上手に蛇の頭を横に払うそうだ。中村君は拳闘のようだったと云っていた。中村君は最後まで見なかったので、勝負の結果は分らなかった。

兎に角、こういう動物が、その事に玄人か素人かという事は、その対手を食うか、食わないかで分れる事だと思った。マングースにとって蛇は食物だが、犬は蛇は食わない。猫が鼠を上手に捕るのも、それを食うからで、猫は場合によっては蛇も食うかも知れないと思った。それ故、クマが蛇捕りに不手際で、醜態を演じたからと云って、必ずしも、それはクマの不名誉にはならない。

クマは其時から、一年程して、腹の脹《ふく》れる病気になり、二度程獣医に来て貰ったが、少しもよくならず、別の獣医の家《うち》に入院させたが、暫くして其所で死んで了った。出入りの植木屋が柳の籠を自転車の後ろに結びつけ、それに乗せて連れて行く時、私は裏口まで送って出て、名を呼んだり、撫ぜたりしてやったが、淋しそうな眼つきで、あらぬ方をぼんやり見ていて、クマは一度も私の顔を見ようとはしなかった。余程苦しかったらしい。

間もなく、食糧難が来た。人間さえ食えず、犬など到底飼う事は出来なくなった。どこの飼犬も注射で殺された。私はいい時にクマは死んでくれたと思った。

巻末エッセイ

先生と生きもの

網野菊

「ペン」編集部からの課題は「奈良の志賀直哉氏を語る」というのであったが、勝手に題をかえさせて頂く。

先生は、大層、生きものがお好きである。里見《さとみ》さんの「満支一見」にも、先生が鳥や犬などに大変興味をおもちになる事がよく出て居る。先生のお作品にも生きものを扱ったものが沢山ある。

「城の崎にて」「鷭《ばん》」「百舌《もず》」「黒犬」「濠端《ほりばた》の住まい」「豊年虫」「雪の遠足」「鳥取」「赤城にて或日」「犬」「蜻蛉《とんぼ》」「家守《やもり》」「山鳥」「万暦赤絵」等。

おうちではいろいろの生き物をお飼いになった。私の知っている限りでも、山科《やましな》のお家――どなたかの別荘を借りていらっしゃったのだが、その家は玄関も入れて四間程の、狭いお家だったが、明るくて感じのよい家だった。別荘の持主が鯉《こい》好きとかで、殆《ほとん》ど庭全部が池と云ってもよく、この家では、小さい南洋産の猿を飼っていらっした。兎も居た。奈良の幸町では、犬、小鳥、兎、栗鼠《りす》、鳩《はと》、それから小熊も飼われた。小鳥は一時は十余種も居たと思う。鳩は普通の鳩数羽、それから朝鮮鳩。これは二羽だったか一羽だったか、記憶がハッキリしない。栗鼠は二匹。朝鮮鳩はお茶の間のすぐ前の縁のつき当りにおいてあったが、この鳩の鳴声は、夜など聞くと、実にしずかで、心にしみ入った。普通の鳩は、お庭の築山の上の小屋——本来は、かなり大きな祠《ほこら》あとで、先生の前の居住者が、何か祭って居たと見える——を上下二つにしきった、その上部の方に居り、その下部に兎が居た。先生は、それらをお飼いになるにも、なるべく自然のままをお好みになるようだ。犬にも芸を仕込んだりはなさらない。

先生は、或る時、お茶の間の鴨居《かもい》に木の枝をうちつけて、小鳥達を十何羽、そこに放し飼いになさったことがある。だんだん人に慣れて、頭、肩にとまったり、火鉢のふちに来てとまったりして居たが、或る日、廊下のガラス戸が全部開かれて居た時、先生がお茶の間の障子をサッとおあけになったら、小鳥達はお庭に飛び去ってしまった。「小鳥もこの頃は価がさがったから惜しくない」と先生は冗談をおっしゃった。

栗鼠もお庭の木の枝に巣箱をおいて放し飼いにされ、栗鼠達は自由にお庭の中をあちこち飛び歩き、又は、巣の中の車を廻したりして居た。これは先生にだけよくなつき、その辺に見えぬ時でも、先生がお呼びになると出て来て、先生のお腕や肩にのぼって、お手の餌《えさ》を食べたりして居たが、ある時、先生がお仕事で忙しく、二日ばかりおかまいにならず、家の方たちも、つい忘れて居た所、どこかへ行ってしまって帰らなかった。

小熊は吉野山でうたれた母熊のそばに居たものだそうで、猟師が奈良の町の或るおでん屋に売り、そのおでん屋の主人は、初めのうちは夜もだいてねてやって居たそうで、「おまわり」「おあずけ」など、犬に教込むような芸も仕込んであった。それを先生がおゆずりうけになったのであるが、実に可愛い熊だった。小犬程の大きさだった。先生のお家へ移って来た夜は台所の土間におかれたが、あまり夜中なくので、女中さんは気味わるがり、お子さん達も気になさったので、翌日からはお庭に移された。たしか、その時分はもう、兎は居ず、その兎のあとの小屋におかれた。やはり、一番先生になついて居た。おでん屋に居た時はカニが好きだったそうだが、あんパンなど、甘いものも大好物だった。葡萄《ぶどう》の皮も大好きだった。先生は、夜でも、小熊の所へ葡萄の皮を持って行っておやりになったりなさった。昼間は、運動に庭に出された。木の下に鎖でつながれて、深皿の牛乳をのむ様子の愛らしさは今でも眼に残っている。はじめ沢山あるうちはピシャピシャと急いで荒くのんだが、そのうちお皿の上に残り少なくなると、実にゆっくり、少しずつ大変嬉しそうに楽しみ味わいながらなめて居る。本当に可愛い熊だったが、若し大きくなって先生のお子さん達に危害を加えるようなことがあってはと、東京のお父上が心配なさったので、先生は奈良公園に寄附なさった。寄附なさる日、先生は熊を鎖でつないで、ひいて行かれたそうだが、近所の子供達が珍しがってぞろぞろついて来、熊は熊で一向に呑気《のんき》で道草くいくい歩くので閉口したと、先生はおっしゃっていらっしたが、私はその情景を拝見しそこねて残念だった。

奈良の公園には、それまで、鶴、水鳥、猿位しか居なかったから、熊は、公園でも歓迎されたと思う。熊は一匹の小猿と一緒に檻に入れられ、大変仲よくしていたので、評判になった。東京三越で奈良物産展か何かあった時熊も猿もろとも出品され、後、三越に買いとられたが、それから更に上野動物園へ移った。その後、猿が死んで熊が淋しそうにして居ると云う新聞記事をよんだことがあるが、それからのち、その熊はどうなったか、知らぬ。

先生は、鼠《ねずみ》（普通の家鼠）も飼おうとなさったことがある。鼠がつかまり、それを飼ってみようとおっしゃって、かりに金網の鳥かごの中に入れておおきになったら、一寸の間に居なくなってしまった。金網の目はかなり細かいので逃げられる筈がないのにと、先生も不思議にお思いになり、私達も奇妙がったが、奥様は、「それは、やはり、金網の目から逃げたに違いありません」とおっしゃった。以前、お茶の間の戸棚の中の床板にあなが出来、そこから鼠が出入《ではい》りするので奥様がそのあなの上に蠟燭《ろうそく》立《たて》をおおきになった所、鼠は、今度はその蠟燭立ての、細い細いあなをつたって出入りしたと云うお話なのである。私はそのお話をそばで伺ってから、一層鼠が気味わるく、きらいになった。なんだか、魔ものみたいに思われて……。その時の先生のお話によると、昔、鷹もお飼いになったことがあるそうである。今の上高畑のお家を普請中には狸も飼われた。普請場においておかれたら逃げ出して了《しま》ったそうだが、「狸のくささには閉口して居たので、探しもしなかった」と先生はおっしゃった。その後、梟《ふくろう》も居た（これについては、尾崎一雄《かずお》氏の好小品がある）。今は金魚と犬一匹、それから手乗り文鳥だけのようである。犬はいろいろ飼われた。幸町のおうちの頃、犬が沢山子を生んで、その子犬の処分にお困りになった。雑種だったので貰い手があまりなかった。「原稿を見てくれと云う人に一匹ずつ貰って貰うと云うことにしようか。あみのさんに一匹、池田（小菊）さんに一匹と云う風に……」と冗談を云われた。

私も犬は大好きなのだが、一人住いなので、犬を飼うと犬にとらわれて外出もうっかり出来なくなりそうな気がして、頂くと云えなかった。先生はよいのだけ残して、あとはすてなければいけない、とおっしゃる。奥様やお嬢様達は、すてるのは可愛想だとおっしゃる。私も、内心、奥様方だったが、先生は、「すてるのは可愛想だと云って全部おいておいたら、母犬はからだが弱り、そして結局子犬達は乳不足になって丈夫にならぬから、却《かえ》って可愛想なのだ」とおっしゃるので、それもそうだと思った。奥様やお嬢様達は、「一匹ずつ首にリボンでも結んで、学校のそばにでもすてましょうか。そうすれば、可愛いと云って拾ってくれるかもしれませんわ」など、おっしゃった。先生が、近所の知人、印度の亡命志士でピストルを持つサバルワルさんに、「君のピストルを借りて、一と思いにうち殺すことにしようか」と冗談をおっしゃったら、サバルワルさんは本気になって、「今すぐ行って、うち殺してあげます」と云ったので、「閉口した」と笑って居られた。

すてるすてないについて、奥様が、

「どちらがよいか、実篤《さねあつ》さん（武者小路《むしゃのこうじ》さんは奥様のいとこさんで、当時奈良水門町に居られた）に伺ってみましょう」とおっしゃったら、先生は、「武者はわるいと云うにきまっている」と云われた。そこへ丁度、武者小路さんがおいでになり、そのお話をなさったら、武者小路さんは、どちらがわるいともよいともおっしゃらず、只、次のように云われた。

「村（新しき村）で、犬を食ったことがある」

誰か、新しき村の会員が犬を殺して料理したのを、犬と知らずに食べられたのだそうだ。

子犬は一匹舟木重雄《ふなきしげお》さんの所へ引取られた。これは、トクと名づけられて大変可愛がられた。舟木夫人は、よそへおでかけになって居てもトクのことが心配で、早くお帰りになると云う程だった。もう一匹は、たしか、先生のおうちのお隣の牛乳牧場に貰われた。残りはミルクのかんを添えて（奥様やお嬢様達のお思いつきだった）聯隊脇にすてられた。

（あみの・きく　作家）

（「ペン」一九三七年一月号／『雪晴れ 志賀直哉先生の思い出』一九七三年　皆美社刊）

解説

阿部公彦

志賀直哉には、子供や生き物を扱った作品を集めた『日曜日』と『蜻蛉』という二つの短編集があった。本書はこれを一冊にまとめたものである。こうした試みは志賀直哉の文庫としてははじめてで、偉大な文豪というイメージに敷居の高さを感じていた人も、これなら手に取りやすいのではないかと思う。収められているのは「清兵衛とひょうたん」「城の崎にて」「小僧の神様」といった有名な作品の他、ごく気軽に頁を繰ることのできるスケッチ風の掌編や、明るい童話風のものも含まれていて、志賀文学への入り口としてとても新鮮である。

かつては国語の教科書をひらけば必ず目次に志賀直哉の名前があったものである。時代の流れもあり今ではそうした傾向に変化が見られるが、今回収録された作品を読み返すと、若年層向けの作品として志賀文学が大きな魅力を持っていることにあらためて気づかされる。彼の作品には不思議なルートで「こども」への道が開かれているのである。

志賀の作品は一見すると難し気なところがあり、「おとな」向けのものととらえられがちだ。私も国語教科書に掲載されたその作品を読んで、「こんな微妙な味わいのものを中学生や高校生が理解できるのだろうか」と思ったことがある。「城の崎にて」など、それなりに志賀作品に馴染んだ人でも「これで十分に理解したことになるのだろうか？」と思わず自問したくなる引っかかりどころがある。複雑な心理がきわめて暗示的に描出され、おそらく語り手や、作家本人にも把握できていないのかもしれない、謎めいた荒涼とした瞬間がとらえられている。もちろんそれは最終的には、主人公がイモリに石を投げるあの場面へとつながる。

よりストーリー性の強い「清兵衛とひょうたん」や「小僧の神様」なども、展開の隙間にちょっとした飛躍が差し挟まれ、おかげでドラマとしてのおもしろさが生まれる一方、こだわり出すと、またまた「これで十分に理解したことになるのだろうか？」と気がかりになってくる。たとえば「清兵衛とひょうたん」では、なぜ清兵衛はああした形のひょうたんにこだわったのか。あるいは「小僧の神様」では、貴族院議員の心のわだかまりの背後にあるのは何か、などと問いが浮かぶ。その答えは明瞭には描かれてはいない。ただ、明瞭に描かれてはいなくとも何となく納得してしまう。そこがおもしろい。しかし、こうした「納得」は大人向けのもののようにも思えるのである。

そんなことを考えるにつけ、つい「中学生や高校生にどうやってこれを説明できるだろう」と悩ましい気分になる。是非、説明してみたいが、伝わらないかもしれない、と。しかし、これは杞憂かもしれない。志賀の作品はそんなふうに大人の読者の注意をひきつけ、緊張させ、深く考え込ませるようなメカニズムを持つ一方で、不思議と子供の視線もはねつけない、それどころか自由に遊ばせるような開放性を持っているのである。

私は中学生や高校生だったころ、志賀直哉をいったいどのように読んでいただろう。右にあげたような問いや引っかかりを言葉にした記憶はもちろんない。そのかわり、志賀の作品に流れる時間や、一つ一つの生き物や人間や事物との距離感を、「そうか、これが世界というものか」という小さなため息や憧れとともに、しかし言語化もできないまま、ただ見つめていたように思う。

そうなのだ。志賀は見つめることを教えてくれたのである。あれこれ引っかかったり、問いをたてたり、理屈をこねたりするのは大人の仕事である。もちろんそれも大事だが、志賀が子供への回路を保っているのは、理屈に負けないような目を持っているからだ。本書に収められた作品も、随所にそうした目が光っている。

たとえば本作には「家守」と題された一篇が含まれている。これは家守との遭遇を描いたスケッチ風の作品だが、その冒頭近くに次のような印象的な場面が描かれている。

家守は飛石の傍に凝《じ》っとしていた。自分は殺さないと又晩に入って来るだろうと思った。庭へ下りると家守は逃げ出したが自分は杉箸で胴中をおさえて手ひどく地面へ擦りつけた。柔かい胴が只よれるだけで却々《なかなか》死なない。自分は家守の少し弱った所を上から頭を突きつぶしてやろうと思った。二三度失敗した後うまく丁度眼と眼の間の脳天に箸を立てた。箸の先は黒く焦げて尖っていた。家守は尾をクリックリッと動かして藻掻《もが》いた。自分は手に少し力を入れた。家守はキューキューと啼いた。それから、ぐっと力を入れると片方の眼が飛び出した。そして自然にそうなるのか又は抵抗する気か口を大く開けた。口の中は極く淡い桃色をしていた。箸は脳天から咽《のど》へ突きとおった。箸を上げるとその先に家守がだらりと下った。未だ死にきってはいなかった。然しそれは部分的に身体が生きているので脳天を突きぬかれた家守の命は消えたも同じだった。

主人公が家守を目撃し、殺そうと決めて箸で攻撃する様子は凄惨とも言えるもので、子供にこのようなものを読ませることにためらいを覚えるという人もいるだろう。ただ、この場面には私たちがしばしば抵抗感を覚えるような、暴力シーン特有の陶酔感が欠如していることにも注意したい。少なくとも語り手も主人公も家守を殺すことに酔ったり、それを美化したり、あるいは露悪的にふてぶてしい態度をとったりする気配はない。たしかに「ぐっと力を入れると片方の眼が飛び出した」「口の中は極く淡い桃色をしていた」「咽へと突きとおった」といった一連の描写は圧迫的だが、そこには決定的に情緒的な意味づけが欠落している。だからこそ私たちは、意味もわからずにただじっと見ているという実感を得るのである。

珍しい光景を目にした幼い子供は、わけもわからずにただ目を凝らす。ちょうどそんな凝視に近い何かをこの一節は体験させてくれる。しかも驚くべきことに、この作品の主人公は幼い子供などではなく、家族から離れて一人暮らしを営む立派な大人なのである。

おもしろいのはこの場面の後である。殺したと思った家守は生きていた。すると主人公は急にさまざまな感情に取りつかれ始める。

家守は何時《いつ》の間にか生きていた。片眼は飛び出したまま、脳天は穴の開いたまま、自分が近よると弱々しい歩き方で逃げ始めた。自分は不意に嫌な気持に襲われた。自分は若し此の家守が此まま自然に元通りのからだに癒《なお》って了《しま》うだろうと考えられたら生返った事を喜べたかも知れない。然しそうは考えられなかった。そして自分は気味悪さと同時にある怒りを感じた。

ここへ来て主人公は「嫌な気持」「気味悪さ」「怒り」といった感情に取りつかれるのだが、これらの感情は家守に危害を加えた彼の行為とどれだけ有機的に連動しているだろう。むしろ心と身体とが分離してしまったかのように、家守からも、家守を攻撃した自分自身からも離れたところで、感情にとりつかれているように見える。この感情は、明らかに大人のものである。またこうした感情をそれと把握するのも大人なこのらではだろう。

この分離の感覚は、たとえば迷子になった犬を追いかける場面や（「クマ」）、猫に殺された親鶏の首を描写する場面や（「濠端の住まい」）、蛇とマングースの映像を再現する一節（「玄人素人」）などにも大いに認められるが、それだけではなく「日曜日」や「清兵衛とひょうたん」のような一見牧歌的な作品中での、風景や事物の描きぶりにも見て取れる。

志賀は意味が立ち上がってくるのを停止させる術を知っているようだ。それとも、そんな悠長なことではないのか。志賀の目は住み慣れた日常の中に、嫌でも「そうではないもの」を見てしまうのではないか。彼の感情の湧出《ゆうしゅつ》は、そうやって遊離したものを懸命に取り戻そうとする藻掻《もが》きのように見えなくもない。

「そうではないもの」を、志賀本人なら「ありのまま」と呼んだだろう。しかし、「ありのまま」と呼ぶだけでは足りないような、ヒヤッとするような視界がそこには広がる。少なくとも大人はヒヤッとする。これに対し子供は、ただじっと見つめる。

そうやって子供は、世界を見つめるとはどういうことかを知っていくのだ。

この分離した光景が何を意味するのかを私は十分に説明することができない。そこには、意味から抜け出した異世界がある。説明できなくて当然なのである。しかし、この異世界には子供や動物が住んでいる。彼らももちろん意味づけなどしないが、住み、体験し、生きている。飼っているとは言うまい。志賀直哉はそうした存在と共にいる、いるのだ。だからこそ書けたのではないかと思う。

（あべ・まさひこ　英文学者、文芸評論家）

初出一覧

日曜日　「改造」一九三四（昭和九）年一月
清兵衛とひょうたん　「読売新聞」一九一三（大正二）年一月
ある朝　「中央文学」一九一八（大正七）年三月
菜の花と小娘　「金の船」一九二〇（大正九）年一月
クマ　「改造」一九三九（昭和一四）年五月（掲載時「犬と鬼」）
ジイドと水戸黄門　「改造」一九三八（昭和一三）年六月（掲載時「赤帽子・青帽子」）
池の縁　「ジイドと水戸黄門」に同じ
子供三題　「改造」一九二四（大正一三）年四月（掲載時「子供四題」）
犬　「週刊朝日」一九二八（昭和三）年一月
鬼　「改造」一九三九（昭和一四）年五月（掲載時「犬と鬼」）
出来事　「白樺」一九一三（大正二）年九月
小僧の神様　「白樺」一九二〇（大正九）年一月
雪の遠足　「婦女界」一九二九（昭和四）年一月

台風　「文藝春秋」一九三四（昭和九）年四月
母の死と新しい母　「朱欒」一九一二（明治四五）年二月
蜻蛉　「白樺」一九一七（大正六）年七月（「小品五つ」の一篇として）
家守　「蜻蛉」に同じ
城の崎にて　「白樺」一九一七（大正六）年五月
濠端の住まい　「不二」一九二五（大正一四）年一月
百舌　「不二」一九二六（大正一五）年一月
馬と木賊　「知性」一九四一（昭和一六）年五月
虫と鳥　「婦人公論」一九四〇（昭和一五）年八月
兎　「素直」一九四六（昭和二一）年九月
玄人素人　「座右宝」一九四七（昭和二二）年四月

編集付記

一、本書は『日曜日』（一九四八年五月　小学館刊）、『蜻蛉』（一九四八年三月　スバル出版社刊）を底本とし、合本したものである。重複する収録作品は『蜻蛉』からのぞいた。

一、編集にあたり、『志賀直哉全集』（岩波書店）等を参照しつつ、適宜、ルビを加除し、脱字・誤植と思われる箇所は訂正した。

一、本文中、今日の人権意識に照らして不適切な語句や表現が見られるが、著者が故人であること、発表当時の時代背景と作品の文化的価値に鑑みて、底本のままとした。

中公文庫

日曜日《にちようび》／蜻蛉《とんぼ》
——生《い》きものと子《こ》どもの小品集《しょうひんしゅう》

2021年12月25日　初版発行

著　者　志賀《しが》直哉《なおや》

発行者　松田陽三

発行所　中央公論新社
〒100-8152　東京都千代田区大手町1-7-1
電話　販売 03-5299-1730　編集 03-5299-1890
URL http://www.chuko.co.jp/

DTP　嵐下英治
印　刷　三晃印刷
製　本　小泉製本

Published by CHUOKORON-SHINSHA, INC.
Printed in Japan　ISBN978-4-12-207154-4 C1193